Cesare Pavese
Andere Tage, andere Spiele

Cesare Pavese

Andere Tage, andere Spiele

Claassen

Der Titel der bei Giulio Einaudi editore s.p.a., Torino, erschienenen
Originalausgabe lautet CIAU MASINO

Aus dem Italienischen übersetzt von Julius Brogk

1. Auflage 1975

Gesetzt aus der 10 Punkt Palatino der Linotype GmbH
Druck: Druckerei Gebr. Rasch & Co., Bramsche
Printed in Germany
ISBN 3 5464 7392 2

Der Zigarettenblues

Masino – oder auch Tommaso Ferrero – hatte eine Stelle bei einer Zeitung in Turin, mit der er vollauf zufrieden war. Nun ist es keineswegs schwer, mit so einer Tätigkeit zufrieden zu sein, besonders wenn man, wie Masino, vier- oder fünfundzwanzig ist und sich, wie er, ausgesprochen leicht den äußeren Umständen anzupassen versteht. (Von den inneren wollen wir nicht sprechen, das steht auf einem anderen Blatt.) Bedenkt man außerdem, daß ihm die Redaktionsarbeit, die er als fröhliche Tortur empfand, für gewöhnlich morgens Zeit ließ, herumzuschlendern oder auch zu Hause zu bleiben, zu arbeiten oder gar nichts zu tun, und in jedem Falle das Aufwachen und das Schauspiel des täglich neu beginnenden Lebens zu genießen, so wird man uns beipflichten: Masino war einer jener unbekümmerten Jungen, die ohne allen Zweifel ihr herrliches, an Abenteuern und Interessen reiches Leben zu nutzen wissen und gar nicht den Zwang verspüren, aus der Mechanik des modernen Daseins auszubrechen. Ältere Menschen fluchen und vergiften sich in der Trauer um vergangene Zeiten. Wir aber, wir stellen uns ein wie ein kleines Pendel, wir sind fröhlich. Und das ist schließlich das Wesentliche.

Masino also erwachte eines Morgens voller Tatendrang und lauschte wohlgefällig dem Lärm der Autos und Straßenbahnen, der durch den penetranten Nebel zum eben geöffneten Fenster und in sein recht unordentliches Zimmer heraufdrang. Und schon bedrängten ihn die Familienangehörigen mit dem etablierten Recht jener, die ihm *jeden*

Morgen das Zimmer aufräumten und das Bett machten. Nach einem kurzen Wortwechsel kapitulierte Masino, Mann der er war, und verband seinen Rückzug mit der anderen großen kosmischen Wollust: sich mit Wasser zu übergießen und die Muskeln zu befühlen. Ihm begannen die üblichen morgendlichen Illusionen durch den Kopf zu gehen. Und doch war da an diesem Tag etwas Besonderes, ein ganz bestimmtes Etwas. Masino pfiff gelegentlich vor sich hin – ein Zeichen, daß er nachdachte.
Was ihn bewegte, wurde ihm vollends klar, als er, wie um nicht ein Rendezvous zu verpassen, mit wenigen Schritten zur Tür rannte und durchs ganze Haus schrie, er wolle in sein Zimmer, man solle ihn endlich in Ruhe und allein lassen.
Und dann saß er schließlich, das Fenster war wieder geschlossen, in der prickelnden Kälte an seinem Schreibtisch. Das Geräusch der Straßenbahnen drang gedämpfter herein. Auf dem Tisch lagen ein paar Bücher und ein Korrekturabzug – »Bemerkungen zum Theater«.
Masino rauchte und überlegte. Die Idee, die ihn nun vollkommen erfaßt hatte, war ebenso einfach wie großartig. Er wollte ein Chanson dichten. Nicht zur Veröffentlichung, auch nicht, um es all seinen Freunden vorzulesen. Einfach ein Chanson schreiben. Es war ihm fast wie ein körperliches Bedürfnis.
Natürlich war der brave Masino nicht so dumm oder unerfahren, eines Morgens aufzustehen und partout den Dichter spielen zu wollen, nur weil er sich das in den Kopf gesetzt hatte – so wie man sich etwa hinsetzt, ein Dankschreiben zu verfassen. Ihm schwebte bereits etwas vor, er wollte ein Abenteuer besingen oder eine heitere Lebensphilosophie, doch wäre es umständlich und obendrein unnütz, solche ersten Ansätze aufzuzeichnen. Es genügt, daß

Masino – aus welchen Gründen immer – seit längerem und ganz besonders an diesem Morgen fest davon überzeugt war, nicht für das Zusammenleben mit einer Frau geschaffen zu sein. Ehefrau mit Kindern ganz ausgeschlossen – nicht einmal mit einer kleinen Freundin, mit der er abends zum Zeitvertreib spazierengehen, schwatzen und schmusen konnte, wußte Masino etwas anzufangen. Vielleicht kam ihm das gerade deshalb langweilig vor, weil er sich eine kleine Freundin als Zeitvertreib vorstellte, bindet uns doch die Frau, auf die es einzig und allein ankommt, an Händen und Füßen, und dabei stellt sich gleich eine weitere Unannehmlichkeit ein: die Sklaverei. Masino also wollte von einer Frau überhaupt nichts wissen. Ob er nun in diesem Punkte recht hatte oder nicht, in einem war er sich völlig sicher. Den Enttäuschten oder Argwöhnischen zu spielen, wie es nach dem Krieg Mode geworden war, das hatte er niemals getan.

Masino hatte seine eigene Theorie: er war Piemontese, und die Piemontesen hatten sich bislang nicht hinreichend durchgesetzt. Infolgedessen mußten sie Frauen gegenüber unnachgiebig und gewitzt sein. Masino erinnerte sich gern daran, daß in einer piemontesischen Familie Sohn und Eltern als erstes daran dachten, Personal einzusparen und, soweit vorhanden, das Dienstmädchen zu entlassen, wenn eine Schwiegertochter ins Haus kam. Und da die Dinge nun einmal so lagen, hatte Masino nie ein Chanson im Stil der Nachkriegszeit geschrieben, weil er Besseres zu tun hatte, nämlich seine Landsleute gut kennen – und liebenzulernen und darauf bisweilen einen Schluck zu trinken.

Und während er an diesem besagten Morgen rauchend in seinem Zimmer saß, vor sich hin summte und pfiff, daß ihm die Ohren klangen, machte Masino auch keineswegs den Eindruck eines Menschen, der vom Leben oder von

der Liebe enttäuscht war. Trotzdem hatte er auf ein Papier geschrieben: »Zigarettenblues«. Ein Blues aber ist Melancholie. Masino wußte das genau. Was also ging hier vor? Nun, hier spielt ein zweiter, mit Piemont zusammenhängender Grundgedanke hinein, der aber verschwommen bleibt; und da nicht einmal Masino ihn klar erfaßt hat, erscheint es angebracht, die Sache ruhen zu lassen, bis er selbst sie deutlich auszusprechen versteht.
Während Masino die letzte Zigarette dieses Morgens in seinem Zimmer rauchte, blickte er zum Fenster hinaus. Längst war der Oktobernebel einem schönen, sanftreinen Himmel gewichen. Auf dem Tisch vor ihm lag der Refrain des Blues:

Wirf die Kippe weg, 's gibt andere noch.
Was blickst du stumm und trist umher?
Wenn dich die Liebste sticht, bedenke doch,
s' gibt hundert bessere oder mehr.

Alle Kippen sind zum Rauchen,
alle Frau'n sind zu gebrauchen:
Nichts Schlimmeres als allein zu bleiben,
wenn die Kippe nicht mehr zieht.

Masino spürte Lust, aus seiner Haut zu schlüpfen, ein Bedürfnis, sich zu bewegen, auszugehen und – Sie verstehen schon, was ich meine – sein Chanson zu leben.
Und da kam ihm schließlich eine Idee. Um diese Tageszeit war das Café des Varietés ruhig, dort würde man arbeiten können, und er brauchte eine andere Umgebung. So kleidete er sich denn in der unklaren Vorstellung, daß in jenem Café Sänger und Komponisten verkehrten, mit Windeseile an.

Aller Anfang ist leicht, eine Sache zum guten Ende zu bringen, dagegen erbärmlich schwer – eine so allgemeingültige Regel überhaupt zu erwähnen, scheint dumm. Und doch, Masino mußte daran denken, als er verbissen Verwünschungen ausstieß und sich den Kopf zerbrach, wie er in das Reimschema einer Strophe irgendeine hübsche Geschichte zwängen könnte, die zu seinem Refrain paßte.
Das Café war leer – bis auf einen weißgekleideten Kellner mit höchst gelangweiltem Gesicht, der an der Espresso-Maschine hantierte. Unterdessen ließ Masino in der Hitze der geistigen Anstrengung mit unterdrückter Stimme Bruchstücke von dem entschlüpfen, was ihm an Einfällen kam. Das reichte schon.
»Na, und wie is' die Saison dies Jahr?« fragte ihn plötzlich der Kellner in reinstem Turiner Dialekt.
»Die Saison? . . . Oh, ich bin kein Sänger«, erklärte Masino verärgert und froh zugleich, von seinem Martyrium abgelenkt zu werden. Und aus unerfindlichen Gründen fügte er hinzu: »Allerweltsmusik.«
Der Kellner war ein praktischer Mensch, kapierte, was andere an seiner Stelle nie im Leben begriffen hätten und fragte im Ton höchster Diskretion: »Wär'n Se bereit, mit jemand zusammen Lieder zu machen?«
»Das kommt drauf an.«
»Hör'n Se mal, ich werde mit dem Maestro was arrangieren. Der Ciccio, Donnerwetter, muß ein dolles Lied komponieren. Er sucht einen, der anders ist als die meisten, müssen Se wissen, einen wirklich prima Mann. Sie kommen mir richtig. Er ist ein ganz berühmter Maestro. Hat viel Musik geschrieben. Ich weiß bloß nicht mehr was.«
Masino gefiel sich in der Rolle des schlauen Geschäftsmannes. Mit betonter Harmlosigkeit fragte er deshalb: »Für Sie springt wohl viel dabei raus, was?« Der Kellner ant-

wortete nicht, sondern begab sich hinter die Theke, wo er mit einem Lappen den Wasserhahn putzte, um sich dann gönnerhaft herabzulassen: »Wenn ich allein hiervon leben müßte, wäre ich schön angeschmiert.«

Masino war einen Augenblick in Verlegenheit. Der andere schwieg, und er selbst wußte nicht, was er sagen sollte.

»Kommt er aus Neapel, dein Ciccio?« fragte er endlich unsicher.

Der Kellner lächelte: »Wer vom Teufel spricht . . . Da kommt er gerade.«

In der Tat, da kam ein ungeheuer dicker Mann herein mit listigen Augen, die tief in fettem Fleisch eingebettet waren. Er knöpfte sich den Mantel auf, setzte sich ans erste beste Tischchen und schnaufte: »Morgen allerseiten! Oh Ciccio, bring mein' Lebensgeist. Kennst ja.«

Masino betrachtete ihn aufmerksam, während Ciccio sich an der Espresso-Maschine zu schaffen machte. Keiner sagte einen Ton.

Als er seinen Kaffee bekam, fing der Fette an: »Immer stoß' ich auf diese Italo-Neapolitanerin . . .«

»Maestro«, unterbrach ihn der Kellner, »hier ist der Herr, nach dem Se mich gefragt haben. Ein Schriftsteller. Er kann Ihnen den Chanson dichten.«

Der Maestro richtete den Blick auf Masino und erklärte leutselig: »Ich habe vom Hineintreten ab gesichtet, daß er es ist. Also, reden Sie, junger Mann!«

Masino dachte gerade: »Wenn ich mir jetzt keinen Ruck gebe, halten die mich für blöd«, und während Ciccio sich zurückzog, spielte er ganz allgemein auf dessen Vorschläge an, erwähnte auch die eigenen Qualitäten als Schriftsteller und gab zu, daß ihn das volkstümliche Lied interessieren könnte.

»Liederchen? Nein, Chansons!« unterbrach ihn der Maestro

bestimmt. »Wir machen keine Gassen'auer, kein konnerzelles Zeug: Ich suche ein' Dichter, der mir das große Chanson erdichtet, das italienische Chanson ... Sind Sie Poet?« »J .. j .. ja, aber wir müssen uns über die Art unterhalten. Wir müssen über das Thema reden, das wir bearbeiten wollen. Wenn die Musik und die Worte einen verschiedenen Gemütszustand ... ich meine ein anderes Gefühl ... ausdrücken ... Kurzum, die Musik muß sich nach den Worten richten.« Masino, der versuchte, einfach zu sprechen, bot ein sehenswürdiges Schauspiel.
Der Dicke entgegnete: »Wie? Es sind die Worte, die nach der Musik gehen müssen, junger Mann! Die Art ..., ja, die ganze Welt weiß, es gibt zwei davon, das Chanson und den Gassen'auer, aber ein Gefühl bloß, ein einzig bloßes Gefühl ...«
»Ich hätte aber im Sinn ...«, ereiferte sich Masino, »etwas zu schreiben, das weder Gassenhauer noch Chanson ist, etwas Modernes, etwas Echtes, das in populärer Form die Dinge sagt, die wir heute fühlen.«
»Verstehe, verstehe«, sagte der Maestro nachdenklich, »etwas Künstlerisches. Also dann machen Sie das Chanson: Das Chanson ist nicht bloß populär, es ist auch künstlerisch.«
Wäre es August gewesen, man hätte sich in diesem Augenblick den Schweiß abwischen müssen. Masino ging erneut zum Angriff über: »Ich habe mich nicht deutlich ausgedrückt.« Zustimmung des Maestro. »Ich wollte nämlich sagen: Ebenso, wie sich heutzutage die Musik erneuert hat, müssen auch die Worte erneuert werden. Sehen Sie, die Worte sind der Körper des Liedes« – Erstaunen – »und die Musik ist seine Seele.« – Beifall – »Ich denke an Texte, die dem Geist der heutigen Musik voll und ganz entsprechen: Sehen Sie, ein Fox ist kein Walzer mehr, und

ein Blues« – er sprach das Wort ganz korrekt aus – »hat nichts mehr mit der Romanze zu tun. Sehen Sie, der Jazz ...« – er sagte wirklich Jazz ...

»Ah, der Jatze. Der Jatze! Aber haben Sie denn schon Wörter für Jatze gemacht?« Der Maestro hatte ein seliges Grinsen auf dem Gesicht. »Und wer hat Ihnen das musikaliert?«

Hier mußte Masino verschämt zugeben, daß er neu war in diesem Beruf. Und er fürchtete schon einen Wutanfall. Aber nein, der Maestro war im Gegenteil ganz entzückt.

»Sie sind ungebraucht! Ich brauche ein' jungfräulichen Poet. Das Chanson braucht ein empfindliches Gefühl. Sie sind richtig für mich, abselut, junger Mann.«

Masino, als Piemontese, kochte vor Zorn. Er warf sich von neuem auf den Jatze. – »Hierin müssen wir von Amerika lernen. Sie haben sicherlich Filmkompositionen gehört?«

»Schweigen Sie vom Tonfilm, junger Mann! Vom Tod der Musiker! Amerika! Amerika! Wir haben Amerika gemacht. Da rezidiert die ganze neapolitanische Menschheit!«

Er hatte gar nicht so unrecht. – »*Wir* sind die Musik, von uns kommt's.«

Masino wollte schon einwenden, umgekehrt sei Italien leider nicht Amerika, erkannte dann jedoch, daß er sich damit, *erstens*, selbst ins Gesicht schlüge und daß, *zweitens*, in diesem Café beispielsweise allem Anschein nach auch Turin einigermaßen von Neapel unterwandert sei. Außerdem wollte er es kurz machen.

»Auf jeden Fall, Maestro, Sie werden doch eine Probe von meinem dichterischen Werk haben wollen, bevor Sie mit mir arbeiten. So ist es doch, Maestro?«

»Natürlich. Kommen Sie mir in der Pension. Eine Pension mit Klavier.«

»Ja, aber irgend etwas muß ich wohl für Sie vorbereiten. Was raten Sie mir?«
»Junger Mann, wenn Sie mit mir arbeiten wollen, ist alles 'spiration. Dichten Sie wie von selbst. Wenn ich es dann spüre, machen wir zusammen.«
»Maestro, Sie sollten mir einen Vorgeschmack Ihrer Musik geben ... Damit wir von den gleichen Voraussetzungen ausgehen, meine ich.«
»Meine Musik? Aber die hören Sie doch unbewegt, meine Musik. Wissen Sie, ich trete alles dem Strohmann ab, weil ich so konnerzelles Zeug konponieren muß ...«
(Masino wartet ab.)
»... Wollen's ein' Titel? Der urberühmte Tango de la nui. Jawohl. Musik von mir.«

Früh nachmittags wartete Masino an einer Straßenecke: Das hatte sich am Morgen noch nicht abgezeichnet, war jedoch wie alles an diesem Tage Teil des einen Abenteuers. Masino selbst sah es so: Die unvermutete Verabredung würde ihm nicht nur den Nachmittag vertreiben helfen, sondern noch zu anderem dienen, das später, zu gegebener Zeit, deutlich genug wird.
Ein Briefchen in einer bekannten Handschrift und mit grammatikalischen Fehlern hatte ihn gerufen, und nun stand er wartend da. Man soll sich hier nur nicht im Gedanken daran verwirren lassen, daß das Spazierengehen mit seiner Schönen Masino lästig werden mußte. Kein Mann, nicht einmal der größte Weiberfeind, kann der Versuchung widerstehen, seinen Haß gegen die Weiber in der Wirklichkeit zu erproben. Haß und Liebe, heißt es doch, sind verwandt, und zu guter Letzt verhält sich jeder Wüterich so, als ob er den Frauen keineswegs abgeneigt sei.
Aber nicht Masino. Masino, so untadelig er an diesem

Tage sein mochte, war unanständig und gemein. Und ich erzähle das hier nur, weil wir alle Masino ein wenig gleichen.

Mit nur fünf Minuten Verspätung kam das Mädchen. Für eine Verkäuferin war sie recht gut gekleidet. Sie machten sich auf den Weg, er hochgewachsen und nonchalant gekleidet, sie im braunen Mäntelchen und mit einer Filzkappe. Vertrauensvoll hatten sie sich die Hände geschüttelt.

»Wie geht's, kleines Mädchen?«

»Ich bin zufrieden. Hast du kommen können?«

»Wie du siehst.«

Sie waren unter den Bogengängen. Masino fragte nach dem Grund dieser plötzlichen Verabredung.

»Ich war allein«, erwiderte ihm das Mädchen lächelnd, »so sehr allein. Wir haben uns solange nicht gesehen. Danke, daß du gekommen bist, Kleiner.« Masino überging das »Kleiner«. Er hatte so häufig gegen diese Bezeichnung protestiert, daß das Mädchen sie jetzt lachend mit Absicht gebrauchte.

»Na gut, Daina, wohin gehen wir?«

»Ich weiß nicht. Wohin du willst.«

Sie hieß Dina, aber Masino änderte grundsätzlich die Namen seiner Schönen, gleichsam als Zeichen des Besitzes und außerdem, um sich bei Abwesenheit besser in Erinnerung zu halten. Aus Dina wurde als Daina, vom englischen Dinah. Sehr angenehm – so schön gelang das allerdings nicht immer.

»Ist es nicht merkwürdig, Daina, daß wir uns ab und zu einmal treffen, einen oder zwei Tage, und dann vergehen Monate, ohne daß wir uns wiedersehen? Erinnerst du dich an das letzte Mal, an jene Wiese?«

Dina erinnerte sich. Sie senkte den Kopf mit einem viel-

sagenden Lächeln und schmiegt sich fester an Masinos Seite.
»Na geh'«, sagte sie zu ihrem Begleiter. »Und jener Abend im Boot, dazu sagst du nichts?« An jenem Abend im Boot wären sie beinahe alle beide im Po gelandet, so sehr hatten sie mit ihren Umarmungen das Boot zum Schaukeln gebracht.
Schweigen. Bis Masino auf einmal rief: »Erzähl' mir, was hast du Schönes gemacht in diesen Tagen. Ganz allein, was?« fügte er mit einem verschmitzten Lächeln hinzu.
»Ja, ich bin immer allein gewesen. Ich bin fast nie ausgegangen. Seit damals mit dem Ingenieur nicht mehr.«
»Die Geschichte mit deinem Ingenieur hast du mir nie richtig erzählt, Daina. Wie war das denn?«
»Was soll gewesen sein? ... Aber wohin gehen wir eigentlich?«
»Wo's schön ist, Daina. Komm, mach' die Augen zu und erzähle schon. Der Ingenieur ...«
»Das ist alles: Der Ingenieur hatte ein Auto. Er hat mich einmal einsteigen lassen, und wir sind in die Berge gefahren.«
»Und was habt ihr in den Bergen gemacht?« fragte Masino hinterlistig, denn die beiden, Masino und Dina, hatten nichts gemeinsam als die Erinnerung an ein flüchtiges körperliches Vergnügen, ein oder zwei Mal, und irgend etwas nicht ganz Faßbares. An diesem Tag aber verspürte Masino, wie soll man sagen, eine Sehnsucht nach diesem Vergnügen, und nach der Geschichte mit dem Ingenieur fragte er nicht etwa aus Eifersucht, sondern um so auf das kitzlige Thema zu kommen. Man weiß ja, wenn man jung ist ...
Dina gab sich äußerst perplex: »Aber gar nichts, Lieber«, und dann in einem reumütigen Ton zwischen einem Lächeln: »Nicht das, was ich mit dir gemacht habe.«

»Danke Daina«, hätte Masino fast gesagt, aber die Würde des Mannes blieb gewahrt, denn ein Auto drohte sie am Ende der Bogengänge zu überfahren, und das Wort blieb ihm im Halse stecken.
»Wirklich, ich bin immer allein«, fing Dina wieder an, »manchmal weine ich.«
»Hm!« meinte Masino. »Du solltest einen Mann finden ... liebe Kleine.«
Dina lächelte bei diesen Worten keineswegs. Sie waren in einer verlassenen Straße angekommen, und Masino verspürte die gewohnte Pflicht, ihr, ungeachtet der eventuell auftauchenden Passanten, leidenschaftlich und unbefangen einen Kuß zu geben. Das war es gewesen, was ihn Dina sympathisch gemacht hatte, das erstemal. Sie küßten sich ein-, zweimal; die Hände fanden ihren Weg, dann machte Dina sich los. Sie strich die Kleidung glatt und holte den Lippenstift hervor. Masino hielt ihr den Spiegel. Doch Dina war in Gedanken vertieft:
»Wen soll ich denn heiraten? Ich habe jetzt schon soviel mit feinen Leuten zu tun gehabt, mit dir, mit dem Ingenieur, ich könnte mich gar nicht mehr an das Leben mit Leuten meines Standes gewöhnen. Wen könnte ich da heiraten?« Die Worte kamen langsam, weil Dina beim Sprechen die Lippen nachzog, aber mehr noch, weil es für sie ein qualvolles Geständnis bedeutete. »Wen sollte ich heiraten? Einen Maurer? Und dann? Was für ein Leben hätte ich danach? Ich kann einfach nicht mehr mit einem Arbeiter zusammenleben. Er würde mich schlagen, er wäre grob – es geht einfach nicht.«
»Es ist doch gar nicht gesagt, daß du einen Arbeiter heiraten mußt«, versuchte Masino einzuwenden. »Denk mal, wieviele Leute es auf der Welt gibt! Wer weiß, wen du findest!« Ohne sich selbst zu kompromittieren, wollte er

in seinen Worten wer weiß welche Bedeutung mitschwingen lassen, aber seine Situation kam ihm plötzlich lächerlich vor. Das schöne anfängliche Selbstbewußtsein war verschwunden. Dina war es, die ihm, ohne es selbst zu merken, aus der Verlegenheit half:
»Ich will dir erzählen, was mir einmal passiert ist. Ich habe es dir nie gesagt. Erinnerst du dich noch an den Kerl, der mich an jenem Sonntag im Boot gegrüßt hat? Er ist befreundet mit einem, der einen Haufen Geld hat. Er und noch jemand sind mit dem Millionär auf du und du. Eines Tages haben wir vier uns getroffen, wir sind ins Café gegangen. Einer von den beiden sprach mit dem Millionär. Der andere sagte mir, daß ihr Freund steinreich und dumm ist, und daß er nie Frauen gehabt hätte. Er gab mir zu verstehen, daß für uns alle drei eine Menge heraussprängе, wenn ich ihn in mich verliebt machte. Sie haben mich danach eingeladen, mit in ihre Junggesellen-Wohnung zu kommen. Der reiche Kerl war schon hinter mir her, aber er wagte nicht, mich anzureden. In der Wohnung machten dann alles die beiden anderen. Sie haben uns Tee und Kuchen gebracht. Ich plauderte und lachte und war ganz gelöst. Auf einmal fängt der vom Boot an, mich zu umarmen und zu küssen, weißt du, er wollte, daß ich mich ausziehe. Ich wollte aber nicht, und dann haben sie zu zweit angefangen, mich zu bitten und mir zu drohen. Der Reiche war still. Da habe ich mich an ihn gewandt, ich habe die starke Frau gespielt, weißt du, und er hat mich herausgelassen. – Na, und dann hab' ich die beiden anderen eines Tages wiedergesehen; sie haben versucht, mich zu begleiten. Ich wollte aber nicht, und sie haben mir gesagt, ich sei dumm. So wie ich mich da aufgeführt hätte, kriegt' ich den Millionär leicht vor den Altar. Verstehst du? Ich kriegte das hin, wenn ich wollte. Aber er gefällt mir nicht, ich will ihn

nicht. Und da glaubst du, ich könnte einen Maurer heiraten ...«
Masino hörte zu. Er wollte es sich nicht eingestehen, doch in dem Augenblick erregte ihn die Vorstellung, wie Dina im Zimmer steht und sich beinahe auszieht. Hypnotisiert von diesem Gedanken, versuchte er, die richtigen Worte zu finden:
»Die sind schlimmer als Schufte. Dreckskerle sind das. So kann man das doch nicht machen, nicht wahr, Daina?« sagte er lächelnd. »Natürlich soll man das Leben genießen, aber nicht auf solche Weise, meinst du nicht auch, Daina?« und er versuchte erneut zu lächeln.
Auch Dina lächelte – allerdings etwas unsicher – und schmiegte sich an seinen Arm. Sie standen eine Weile schweigend da, eng umschlungen.
»Kommst du, Daina? Ich führe dich an einen schönen Ort.«
»Wohin?«
Masino suchte nach Worten.
»Wir werden ein bißchen allein sei. Magst du das nicht, Daina? Wie damals im Boot«, und er drückte sie fest an sich.
»Heute nicht, Masino, heute will ich nicht. Gehen wir ein bißchen spazieren. Oder laß uns ins Kino gehen, wenn du willst.«
»Warum, Daina? Wir sehen uns so selten. Los, komm.«
»Nein, Masino, nein. Laß uns brav sein.«
»Warum? Warum geht's heute nicht?« fragte er mit einem doppeldeutigen Lächeln.
»Nein, du hast auch gar nichts Falsches gesagt, ich will heute einfach nicht. Laß uns miteinander reden. Ich sehe dich so selten.«
»Aber unterhalten können wir uns doch auch. Wir hätten nur mehr Ruhe.«

»Du weißt genau – danach sähen wir uns dann nie wieder. Das führt zu gar nichts. Heute nicht.«
»Laß uns gehen, Daina, sei lieb. Bitte, komm.«
»Nein, Masino«, das Mädchen war mit einem Mal energisch, »lieber gehe ich sofort nach Hause.«
Masino begriff, daß es an diesem Tag nicht klappte. An diesem Tag brauchte Dina einfach nur ein Gespräch. Und ein unterdrückter Zorn stieg in ihm auf, der besonders groß war, gerade weil Masino solchen Abenteuern wenig Bedeutung beimaß. Alles wegen einer Laune, einer bloßen Laune. Das brachte ihn so auf.
»Also dann geh' nach Hause«, schleuderte er ihr entgegen und marschierte davon, »und laß dich von jemand anders ficken.«
Dina blieb einen Augenblick wie erstarrt stehen, sie stieß ein Oh! aus, das wie ein Stöhnen klang, und rannte dann schnell davon.

Masino hatte seine Verse gedichtet. Rauchend saß er im Café und wartete auf Don Ciccio. Der Maestro hatte nämlich am Morgen nach langem Hin und Her das zeitgemäße Chanson (den Blues!) gebilligt, und Masinos unerbittlicher Drang, ein Chanson zu schreiben, stellte sich schließlich als nichts weiter als eine fixe Idee heraus, die in dieser empfindsamen Seele aus dem Verlangen entstanden war, das Unrecht auszugleichen, das ihm das Leben zugefügt hatte.
Masino wartete mit dem Meisterwerk in der Tasche. Und während wir warten, wollen wir die Verse hören, die im übrigen für die Geschichte wesentlich sind.

Ach, Frauen auf der Straße gehn,
ein Traum der Liebe, wunderschön!
Du sprichst sie an, doch welch ein Schreck:
die Schöne kommt ja aus dem Dreck!

Schau sie dir an: so tugendhaft,
doch nur ein Blick, sie ist geschafft.
Ein erster Gruß, schon sagt die Schrippe,
komm Kleiner, reich mir mal ne Kippe.

Es folgt der uns bereits bekannte Refrain. Die zweite Strophe aber ist das eigentliche *Corpus delicti:*

Und manche Fraun sind so gebaut,
daß ein Zug nur dir Freude macht.
Küß ihr den feingeschwungenen Mund,
doch rasch zurück, sie beißt dich wund.

Denn wie ein halbverglimmter Stengel
dir danach bloß die Lust verdirbt
paß auf, mein süßer kleiner Bengel,
gleich kommt die Scham, die Liebe stirbt.

So lautete also Masinos Gedicht.
Der Maestro trat ein. Die beiden begrüßten sich und machten sich auf den Weg zu der Pension, wo der Neapolitaner wohnte.
»Na, gearbeitet, junger Mann?« fragte Don Ciccio, als er die Verlegenheit des anderen bemerkte.
»Ich habe mich an einem Blues versucht«, und Masino zog das Blatt aus der Tasche.
»Woll'n mal sehen, woll'n mal sehen«, gab der Maestro zurück. »Das sehen wir gleich am Klavier. Auch der Blusse ist eine künstlerische Komposition. Und da sind wir schon.«

Und sie kamen tatsächlich an, stiegen die wie üblich unmögliche Treppe hinauf und standen zu guter Letzt in einem großen kalten Zimmer voller merkwürdiger Dinge. Ein Bett, ein Paar zum Trocknen aufgehängte Unterhosen, eine Gitarre an der Wand und überall Berge von Noten. Rings um die Gitarre hingen außerdem noch Öldrucke.
»Machen Sie sich's gemietlich, ganz gemietlich«, hob der Maestro an. »Es ist hier kalt nachmittags.« Und damit setzte er sich prustend ans Klavier.
»Also Ihr Lied ist fertig? Zeigen Sie her; wenn es mich 'spiriert, ist es gut.«
Und er nahm das Blatt, das Masino (etwas zitternd, um ehrlich zu sein) ihm herüberreichte.
Don Ciccio wandte sich zum Notenpult, stellte das Manuskript darauf und blickte auf die Tasten, bevor er begann:
»Zigarettenblusse? Ein bißchen krottesker Titel, nicht? Na ja, auch das Krotteske ist künstlerisch.«
Er las mit undurchdringlicher Miene, während er ab und zu die Tasten berührte, und einmal, zu Anfang der zweiten Strophe, beugte er sich vor und rief Masino heran, ihm einen unleserlichen Schnörkel zu entziffern. Masino war inzwischen ruhiger geworden und ganz Herr seiner selbst.
Nach dem Durchlesen des Gedichts schaute Don Ciccio noch einmal auf die Tasten und begann, ganz in Gedanken versunken, eine Tarantella zu spielen.
»Eine Blues-Arie, hätte ich gedacht«, wandte Masino etwas kleinlaut ein.
»Ja, sicher«, erwiderte der andere, »sicher. Aber augenblicklich bedenke ich über den Sinn. Er ist so krottesk, viel zu krottesk. Was meinen Sie, junger Mann?«
So unvermutet wußte Masino nicht recht, was er sagen sollte. Schweigen. Dann:

»Ihre Worte sind problemat, junger Mann. Sie arbeiten ja gar nicht schlecht. Nur, sehen Sie, die Idee ... Sie müssen die Idee ausbessern. Wissen Sie, das Publikum mag das nicht. Wir sagen, das Weib is' eine Schlange, Gift ist das Weib. Und das is' erlaubt ... und die haben recht, junger Mann, wissen Sie, die haben recht. Ein Weib ist un'verläßlich, un'verläßlich, aber auf einer Kippe treten alle herum. Ein Ehemann oder ein Geliebter, wenn der das hörte, das gibt Theater. Ich bin ja Ihrer Meinung, wissen Sie ... ich bin Jungge'lle, ein Weib ist schlimmer als eine Straßenkippe, ein Weib will Geld ...«
Masino hatte alle Hoffnung fahren lassen. Er wollte jedoch unterbrechen und lügen:
»... Eben, von Straßendirnen ist ja die Rede.«
»Was sagen Sie? In diesem Gedichte? Ja und nein, junger Mann. Ein Chanson-Blusse ist absolut Melancholik, und Melancholiken 'spirieren alle Fraun. Wir singen Schlange, Gift, aber eine Kippe, das ist nicht sanghaftig, das kann man nicht sagen, glauben Sie's mir, junger Mann, Kippe geht nicht.«
Masino, der, wie wir gesagt hatten, Piemontese war und einen sehr nachgiebigen Charakter hatte, war nicht allzu verärgert. Er legte das Blatt seelenruhig beiseite und wollte hinausgehen, doch der Maestro versperrte ihm den Weg und wollte ein Chanson vorspielen. Es dauerte bis zur Abendbrotzeit.

Nun war aber Masino ein braver junger Mann, und während er nach Hause ging, dachte er wieder an die Verse. Er überlegte den ganzen Abend und überlegte in der Nacht. Und so sehr er die Verse auch nach allen Seiten drehte und wendete, er fand sie immer gemeiner. Es gab einen Augenblick, da er sich geradezu entsetzte, so etwas geschrieben zu haben. Und dann fiel ihm ein, daß Dina ihn an diesem Tag angeschaut hatte, als wäre er die Rettung ihres Lebens. »Warum habe ich das nur getan?« fragte er sich, eine vollkommen unnütze Frage; denn am Morgen darauf erwachte Masino wiederum voller Freude und arbeitete erneut beim Lärm der Straßenbahnen und Autos.

Entlassen

Giantommaso Delmastro, den das Schätzchen aus Lingotto Masin genannt hatte, war bereits mit zwanzig ein guter Mechaniker gewesen.
Bei der Musterung hatte man ihn ein wenig wild gefunden, aber aufgeweckte Menschen wirken nun einmal so, und am Ende des Militärdienstes war er zwar zu Tode gelangweilt, aber immerhin approbierter Chauffeur beim Generalstab in Neapel. Diese Stellung bedeutete für ihn: wenig Gefängnis und die Freiheit, mit den Feldwebeln zu streiten.
Mit neuer Tatkraft war er nach Turin zurückgekehrt und Testfahrer bei Fiat geworden. Er dachte nur daran – das Schätzchen war verschwunden –, in der Welt voranzukommen.
Masin wollte ein Diplom erwerben; und nach einem Tag im verschmierten Arbeitskittel, durchgeschüttelt von Erde und Wind, während er mit Höchstgeschwindigkeit immer wieder den Hügel hinaufgerast war, drückte er abends, müde, mit etwa zwanzig anderen Angestellten und Arbeitern die Schulbank, um einen Haufen unnützes Zeug und ein wenig nützliche Mechanik zu lernen. Zwei Jahre und er konnte ein Examen machen; das sollte ihm in der Fabrik Beförderung verschaffen.
Masin kam es so vor, als ob er nichts tun würde, und er dachte manchmal an den ganzen anmaßenden Leerlauf des Soldatenlebens zurück, wo alle hart arbeiteten, um eine Baracke instandzuhalten – doch wenn sie es nicht getan hätten, wäre es auch egal gewesen, und niemand hätte es

gemerkt. Aber so ist die Welt beschaffen: Schließen wir die Augen, machen wir das Diplom. Und zum Glück raste Masin Hals über Kopf durch die Straßen, fuhr über die Hügel hinüber, wurde bei Regen naß und in der Sonne wieder trocken. Letzten Endes lernte er in der Schule auch die Dinge, die er tagsüber tat. Und den Motor sauber zeichnen zu können, der während der Kontrollfahrten unter ihm vibrierte, war ebenfalls eine Befriedigung und eine Entdeckung.

Das Schlimme war nur, daß es nicht dabei blieb. In der Schule lernte Masin auch, daß er aufsteigen müsse. Man brachte ihm bei, daß er bisher bloß *materiell* gelebt hatte. Um zu wissen, daß die Häuser, in denen er gelebt hatte, dreckige Löcher waren und daß er, besonders als Knabe, Hunger gelitten hatte – dazu brauchte Masin allerdings die Schule nicht.

Aber *materiell,* das war ein starkes Wort. Masin mochte es auf die Erinnerungen an die Zeit vor einem Jahr nicht anwenden: die Trinkereien mit dem Schätzchen. Das Gitarrenspiel in der Wirtschaft und die zähneknirschend vorgebrachten Drohungen an den Straßenecken. Es war sehr ernst gewesen, dieses Leben. Höchstens daß man als Soldat materiell lebte.

Um es kurz zu machen, in der Abendschule wollte man ihm beibringen, daß er ein Italiener war und daß auch Julius Cäsar, Balilla und Cavour Italiener gewesen waren, daß Dante die Göttliche Komödie auf Italienisch und Vincenzo Monti . . . was? geschrieben hatten; daß das Vaterland und die Muttersprache der größte Reichtum des Emigranten sind, und daß Rom der übrigen Welt Kultur und Sitten beigebracht hatte. Im Vergleich dazu war sogar die Naturgeschichte nicht so wichtig; denn *diese* Fächer dienten angeblich dazu, aus dem Arbeiter einen Menschen zu machen. Nun, Masin hatte viele Menschen gekannt in seiner frühen Jugend und dann als Soldat. Und es waren Leute gewesen, die ihr Wort hielten, standfeste Leute, denen man in dem, was sie sagten und taten, Vertrauen schenken konnte, auch wenn es Gauner oder Feldwebel waren. Er selbst, Masin, dachte nicht darüber nach, doch er fühlte sich als Mensch.

Und sich jetzt einreden zu lassen, daß dieser alte Trottel von der Botanik, der immer kastanienbraun gekleidet war und stotternd Klassifizierungen von sich gab wie ein Besoffener seine Sprüche, daß dieser Trottel also ihm beibringen würde, wie man ein Mensch wird – das brachte ihn, gelinde gesagt, zum Lachen. Der jungverheiratete Italienisch- und Geschichtsprofessor, der mit bewegter Stimme vorlas und sich penetrant für das Privatleben seiner Schüler interessierte, um sie in die Welt der Kultur emporzuheben, brachte ihn zum Fluchen. »Garibaldi, hören Sie mir auf damit . . .« Einmal, während der Jungvermählte Carducci deklamierte, hatte ein Klassenkamerad gebrummelt: »Der hat uns bloß diese Südländer beschert, der Garibaldi . . .« Und das war eine große Wahrheit gewesen für Masin.

Eines Abends kam der Lehrer für Italienisch und Vaterlandsgeschichte wie gewöhnlich mit strenger Miene herein und schritt eilends zu seinem Katheder – einem wackeligen Tischchen. Dort zog er ein Bündel Aufsätze aus der Tasche, die auf den zusammengesuchtesten Zetteln der Welt – Heftseiten, Protokollblätter, weiße Kontoauszüge, Seiten mit Soll und Haben – geschrieben waren; er legte sie vor sich hin und sah die Klasse mit hinterlistiger Miene lange an. Dann sagte er zu dem Nächstsitzenden: »Verteilen Sie.«

Nach der Austeilung der Aufsätze trat wieder Stille ein,

und Masin, halb stehend, sah den Profax an. »Und meiner?«
»Ihrer ist hier, Delmastro«, antwortete der Lehrer und hielt ein Blatt in die Höhe, das er zurückbehalten hatte. Dann, während er mit der Hand leicht auf den Tisch klopfte: »Delmastro, Sie haben wieder mal Ihre üblichen Scherze gemacht. Das letzte Mal war es die Kirche, jetzt ist es Pietro Micca. Wollen Sie mir bitte erklären, wie Sie – ssst! – so etwas schreiben konnten?«
Masin fühlte sich in Ordnung. Eine gewisse Besorgnis hatte er zwar gehabt, aber jetzt war er ruhig. Allerdings wußte er nicht, was er sagen sollte:
»Ich hab' das Thema entwickelt ... ich wußte nicht ... mir scheint es ...« Er soll sich zum Teufel scheren, dieser Trottel! Was sollten diese Albernheiten?
Der Profax fiel ihm ins Wort, denn er hatte seine Rede schon vorbereitet.
»Ich habe Ihnen schon einmal gesagt, daß Sie viel leisten können, Delmastro. Sie sind voll wirrer, aber lebendiger Ideen. Was Ihnen nottut – Sie müssen sich von den Vorurteilen befreien und viel lesen. Voriges Mal haben Sie mir gegen die Kirche protestiert. Wobei Sie möglicherweise recht gehabt haben könnten, aber die Zeiten sind vorbei, sich mit Priestern anzulegen, und übrigens – was wissen Sie schon von den Priestern? Uns interessieren andere Probleme. Das gilt ganz besonders für uns italienische Arbeiter.« Der Jungvermählte nannte sich Arbeiter: hatte er jemals einen Hochofen gesehen? »... der Staat, die Familie, die Zusammenarbeit, das sind unsere und übrigens die ewigen Probleme des Menschen. Nun, Sie haben mir eine Interpretation des Mythos von Pietro Micca gegeben ...« – »Was is' das, ein Mythos?« – »... eine ganz persönliche und sicher auch lebendige Interpretation, so

daß es sich lohnt, darüber zu diskutieren, und um Ihre Kameraden ein bißchen zu amüsieren, werden Sie laut vorlesen, aber ich möchte nicht, daß sich die Sache wiederholt. Denn ...«, fügte er mit einem listigen Lächeln auf seinem Ohrfeigengesicht hinzu, »... denn gewisse historische Synthesen sind gefährlich.«

Masin kochte. Sein Aufsatz war zwar eine Verrücktheit gewesen, aber wenn man die Sache so drehte, hatte er Lust, ihn gegen die ganze Welt zu verteidigen.

»Wollen Sie also zum Pult kommen, Delmastro, und Ihren Kameraden mal eine Geschichtsstunde geben?«

Masin ging zum Pult und nahm das Blatt. Er warf dem Profax, der immer noch geistreich lächelte, einen wütenden Blick zu und fing mit dem Aufsatz an.

Berichten Sie von der Heldentat Pietro Miccas. Sein Verhältnis zur Idee der Familie und die Idealität des Opfers. Die ewige Jugend der Gestalt des Helden.

Die Klasse war neugierig geworden, geriet in Bewegung, bereitete sich aufs Zuhören vor. Einer sagte: »Mut, Delmastro!« »Still!« fuhr ihn der Profax streng an. Dann: »Los, Delmastro, und lesen Sie Ihren Text vollständig vor. Übergehen Sie die Verbesserungen, die ich angebracht habe.« Und da hörte man:

»*Ausführung*. Pietro Micca war ein Held des Jahres 1706. Die Turiner verteidigten sich gegen König Vittorio Amedeo III. Eines Nachts, während die ganze Stadt im verhängnisvollen Schlummer lag, versuchten die Franzosen, durch die unterirdischen Mauern einzudringen, dort befand sich das Schießpulver und einer der Soldaten, Pietro Micca genannt, aus Biella, vermittels Heldentum und Opfer, als er den Lärm hörte, spitzte die Ohren und dachte, sie sind im Keller, und schickte einen Soldaten, der ihm zu trinken holen sollte, um die Zeit zu vertreiben. Der Kamerad sagte, als sie zusammen tranken, er soll doch mit ihm davonlaufen, aber Pietro Micca antwortete, daß sie auf Wachtpflicht wären und den Posten nicht verlassen dürften. Pietro Micca war als daß er die Wachabteilung gut kommandierte und hat immer gesagt: seid bereit, Kinder, denn wir haben das Vaterland in Gefahr. Aber der Held aus Biella wußte nicht, daß alle Menschen große Angst haben und während er allein das Fäßchen leerte, waren die Waffenbrüder alle miteinander weggelaufen. Darauf nahm Pietro Micca Habachtstellung ein, und indem er an das Vaterland dachte, denn er trank ein letztes Mal, das wirklich das letzte war, und ließ die Mine explodieren mit einer großen Flamme, die den Korridor in Brand steckte und so ist das Vaterland gerettet worden und die Ruinen, die sieht man noch, weil das Denkmal dasteht, und hier hat sich der Held verewigt, indem er auf dem Platz das Faß neben sich hat, wo er zum letzten Mal trank, bevor er starb.«

Masin las die letzten Worte grinsend, so daß man sie nur mit Mühe verstand. Die Klasse, die fortwährend von einem zischenden »Still!« und vom Klopfen auf das Tischchen im Zaum gehalten worden war, platzte endlich los. Rufe, Getrampel, Gelächter, alle fielen über ihn her. Der Professor klatschte in die hocherhobenen Hände, um die Ruhe wiederherzustellen, und grinste ebenfalls. Jetzt nannte er aufs Geratewohl zwei Namen und rief auf: »Also haben Sie gehört? Still! Achten Sie nicht auf die Sprache, die nicht vollkommen ist. So also sieht Ihr Kamerad Pietro Micca ...«

»Was is'n in dich, daß du 'n veräppelt hast?« gluckste einer aus den letzten Bänken.

Der Jungvermählte hielt inne. Er verstand Piemontesisch. »Ruhe!« – Dann wandte er sich mit einem feigen Gesicht zu Masin. Der Satz hatte ihn unversehens getroffen.

»Was . . . was sagen Sie da! Ist das wahr?«
So ein Trottel, so ein Trottel, dachte Masin und packte aus:
»Das kommt darauf an, ob einer kapiert. Manchmal merkt man vom zu vielen Studieren nicht mehr, was passiert. Ich hatte einen Abteilungschef, der zuviel studiert hatte, und alle legten ihn rein.«
Die Antwort war hübsch. Auf den hinteren Bänken platzte wieder ein höhnisches Lachen los, beleidigend und hell wie ein Wiehern.
Der Profax versuchte, sich ehrenhaft aus der Affäre zu ziehen.
»Sie bestätigen also, daß Sie die Absicht hatten, Blödsinn zu machen?«
»Klar, was soll's denn sonst sein?« konnte Masin sich nicht verkneifen zu sagen.
»Also gut. Gehen Sie und rechtfertigen Sie sich vor dem Direktor; denn ich dulde Sie nicht länger in der Klasse.«
Masin ging hinaus; einer wollte ihm noch heimlich die Hand drücken, aber Masin ließ es nicht zu. Statt dessen brummte er: »Zieh dir 'n Stöpsel aus der Leitung, Blödian.«

Am Morgen danach war Masin bereits in der Dämmerung zur Testfahrt auf der Steigung zum Pino. Ein mühsames Mäanderband, das sich mitten durch Rebhügel und Bäume hinaufwand – ein Vergnügen, die Windungen hochzufahren und die Gänge zu schalten – und dahinter, unten im Tal, lag Turin.
Aber nicht etwa, daß Masin auf die Straße oder auf den Motor geachtet hätte. Er fuhr, die Augen halb geschlossen, die Scheinwerfer abgeschaltet, und nahm die Kurven scharf, als wache er dabei auf. Er hatte noch einen ganz klebrigen Mund von der Grappa der vorigen Nacht, und

in seinem Kopf, der blutleer war und schmerzte, hämmerte es zusammen mit dem Motor.
Masin dachte beinahe an nichts. Er konzentrierte sich mit halb geschlossenen Augen nur darauf, bis zum Pino zu kommen und hinunterzufahren und etwas zu essen.
Zum Glück war er fast oben. Er fuhr die letzte ebene Strecke auf dem Kamm des Hügels entlang, verfluchte einen, der wie ein Wirbel an ihm vorbeiwetzte, und fuhr ins Dorf hinein, das zu dieser Stunde noch verlassen lag.
Er suchte die Wirtschaft auf, wo er immer abstieg, bei der westlichen Einfahrt neben den großen gelben, zur Straße gerichteten Reklameschildern für Atlantic Oil und Spidolèine. Dasselbe junge Mädchen hängte wie immer gerade die Türflügel aus. Ein mißmutiger Gruß, und der junge Mann trat in eine laue Wärme ein, die wie Bettwärme im Morgengrauen war. Er ließ sich auf eine Bank fallen und bewegte sich nicht mehr, bis er das Schüsselchen vor sich hatte.
Unterdessen hellte es sich auf. Ein zweiter Gast kam herein, ein Bauer mit grauem Schnurrbart, der torkelnd ein Gläschen Schnaps schlürfte. Masin kaute eine Scheibe Salami. Ihn schauderte bei dem Gedanken, daß der andere trank.
Als er fertig war, drehte er sich eine Zigarette und gähnte. Dann saß er eine Weile in Rauch gehüllt, um nachzudenken.
Es gab aber nichts zu denken. Er mußte die Maschine noch viele Kilometer weiterbringen – Villafranca, sagen wir mal. Dann, so Gott wollte, Mittagessen. Der Gedanke tröstete ihn.
Am Nachmittag, nichts. Am Abend, nichts. Aus der Schule hatten sie ihn rausgeschmissen. Na und? Es lebe der Rebstock! Es waren ja sowieso alles Trottel, Lehrer und Schüler. So war aber auch nichts mit dem technischen Büro. Das

ganze Leben lang Autos testen. Na und? »Eines Tages wär' ich sowieso davongelaufen . . .«

Masin ging hinaus und machte sich daran, auf den hohen unüberdachten Führersitz des Autos zu klettern. Darunter der lange, nackte Rahmen der Achsen und der Motor, die Gänge, alles offen, alles lebendig, alles staubig, das Wesentliche für die Geschwindigkeit des Autos. Er fuhr dröhnend in Richtung Chieri, nach Osten, wo der Nebel sich überall rot färbte. Er spürte das Gegengewicht der großen Steine hinter sich – seine Karosserie – und machte sich bereit, zwischen den Häusern hindurchzusausen. Gleich danach würde er die schnurgerade Straße finden, die man in einem Atemzug nach Chieri hinunterbrausen konnte.

Er bog in die letzte Straße ein. Vor ihm stand die rote blendende Sonne. Und der Kopf tat ihm fürchterlich weh.

In diesem Augenblick hörte er einen Schrei. Und einen Stoß, einen leichten Aufprall. Er wußte nicht genau, was er tat. Er stellte den Motor ab und stieg aus. Zwei Männer rannten schreiend auf ihn zu. Masin zitterten die Knie. Er hatte jemand überfahren.

Alles ging ganz schnell. Man nahm ihm den Führerschein ab und entließ ihn aus der Fabrik. Man sperrte ihn nur deshalb nicht ein, weil der Getötete getrunken hatte – es war der Bauer mit dem »Schnäpschen«. Und Masin, der sozusagen allein war in Turin und auf der Welt, sprang eines Tages auf einen Zug, mit vierzig Lire in der Tasche – und der Fahrkarte.

Die Meere des Südens*

Eines Abends gehen wir in Stille hügelan. Im Schatten
des späten Tags. Mein Vetter ist ein Riese in Weiß
gekleidet, ruhig schreitend, braun gebrannt das Gesicht,
schweigsam. Schweigen ist unsere Tugend. Einer
unserer Ahnen muß sehr einsam gewesen sein – ein
großer Mann unter Idioten oder ein armer Narr – um die
Seinen so viel Schweigen zu lehren.

Heutabend hat mein Vetter gesprochen. Er fragte mich,
ob ich mit ihm hinauf wolle: vom Gipfel aus sieht man
in den klaren Nächten den Schimmer des fernen
Leuchtturms von Turin. »Du, der in Turin wohnt . . .«,
sagte er, ». . . doch du hast recht. Fern von Daheim soll das
Leben gelebt sein: man genießt und läßt sich's gut gehn
und dann, wenn man zurückkehrt mit vierzig Jahren
wie ich, erscheint alles neu. Die Berge bleiben erhalten.«
All dies sagte er, doch nicht italienisch, sondern in
langsamer Mundart, die, wie die Steine dieses Hügels
so rauh ist, daß zwanzig Jahre fremder Sprachen und
Ozeane sie nicht zu brechen vermochten. Im Steilhang
geht er mit jenem gesammelten Blick, den ich als Kind
schon an müden Bauern kannte.

Zwanzig Jahre trieb er sich durch die Welt. Als ich noch
Kind war, von Frauen getragen, brach er auf und man
sagte ihn tot. Später hörte ich Frauen von ihm sprechen,
wie im Märchen, manchmal; aber die Männer, ernster,

* Dieses Gedicht ist erschienen in Pavese, *Gedichte*, herausgegeben und übersetzt von Urs Obelin (Claassen Verlag).

vergaßen ihn. Eines Winters kam eine Karte für meinen Vater – er war schon tot –, die eine große graugrüne Marke trug mit Schiffen in einem Hafen und gute Wünsche zur Weinlese. Das gab ein Staunen, aber das Kind, schon etwas älter, erklärte eifrig, die Karte komme von einer Insel, die Tasmanien heiße, rings vom blausten, haifischdrohenden Meer umgeben, im Stillen Ozean, südlich Australiens. Und es fügte hinzu, daß der Vetter sicherlich Perlen fische. Und es löste die Marke ab. Alle äußerten ihre Meinung, doch alle schlossen damit: sei er noch nicht tot, so würd' er doch sterben. Dann vergaßen sie's alle und es verging viel Zeit. Oh, wie lang ist's her, daß ich Seeräuber von Malta spielte!

Wieviel Zeit ging hin und wieviel Leben, seit dem letzten Mal, da ich hinab ins Bad stieg zu jener tödlichen Stelle und einen Spielgefährten verfolgte einen Baum hinauf, dem ich die schönen Äste brach, und einem Rivalen den Kopf zerdrosch und selber verprügelt wurde! Andre Tage, andere Spiele, stärkere Wallung des Bluts, weniger faßbare Gegner: Träume, Gedanken. Unendliche Ängste lehrte die Stadt mich: eine Volksmenge, eine Straße machten mich zittern, manchmal auch ein Gedanke, vom Gesicht abgelesen. In den Augen fühl ich das höhnische Licht noch jener tausend Laternen überm großen Getrappel.

Als der Krieg aus war, kam mein Vetter zurück, riesig, unter den wenigen. Und Geld hatte er. Die Verwandten flüsterten: »In einem Jahre höchstens, wenn er alles verzehrt hat, geht er wieder auf Walz. So sterben die Unverbesserlichen.« Mein Vetter hat ein entschlossenes Gesicht. Er kaufte ein paar Räume zu ebener Erde, wo er eine Garage aus Beton errichten ließ, davor eine gleißende Tanksäule für Benzin und auf der Brücke nahe der Straßenkurve eine gewaltige Reklametafel. Bald stellte er einen Mechaniker an, das Geld einzuziehen, selbst aber streifte er durch die Berge und rauchte. Inzwischen hatte er geheiratet, im Dorf. Er nahm sich ein zartes blondes Mädchen, ähnlich den fremden, die er wohl früher draußen kennengelernt. Aber noch ging er allein aus. Weiß gekleidet, braun das Gesicht, die Hände verschränkt auf dem Rücken, strich er des Morgens den Markt ab und verhandelte mürrisch die Pferde. Später erklärte er mir, als das Vorhaben mißlang, sein Plan sei gewesen, alle Tiere dem Tal zu entziehn und die Leute zu zwingen, seine Motoren zu kaufen. »Aber das dümmste Vieh«, sagte er, »war ich selbst, das zu glauben. Hätt ich doch wissen sollen, daß Ochs und Mensch hier dasselbe sind.«

Eine halbe Stunde und länger wandern wir. Der Gipfel ist nah, ringsum wächst das Schwirren und Pfeifen des Windes. Der Vetter hält plötzlich inne und wendet sich um: »Dieses Jahr schreib ich aufs Aushängeschild: –
Sankt Stephan
war bei den Festen im Belbotal immer der erste – sie sollen's nur weitererzählen, die von Canelli.« Darauf geht er weiter. Duft von Erde und Wind umfängt uns im Dunkel, einige Lichter in der Ferne: Gehöfte, Automobile, kaum zu hören; und ich denke an die Kraft die mir diesen Mann zurückgab, ihn dem Meere entriß, den fernen Ländern und dem dauernden Schweigen.
Von seinen Reisen spricht der Vetter nicht.
Trocken sagt er, daß er da gewesen und dort,
und denkt dabei an seine Motoren.
Ein Traum nur

blieb ihm im Blute: einmal, als Heizer auf einem holländischen Schiff, begegnete er dem Wal, und er sah schwere Sonnenharpunen im Flug, sah Wale fliehn zwischen blutigen Schäumen, sah Verfolgung, gebäumte Schwänze und Lanzenkampf. Manchmal spricht er davon.

Doch wenn ich ihm sage,
daß er einer der Glücklichen ist, die das Morgenrot über den schönsten Inseln der Erde sahen, lächelt er bei der Erinnerung und antwortet, daß der Tag schon alt war für sie, als die Sonne aufging.

Am Fluß

Abends nach einem Tag im Boot langweilte Masino sich nie. Es geschah sogar oft, daß er den Abend hinauszog, noch ein halbe Stunde herumlief, ein Café besuchte und rauchte. Das hatte einen einfachen Grund – von der Anstrengung des Tages blieb im Körper den ganzen Abend über ein dumpfes Gefühl von Müdigkeit zurück, das wie die Gegenwart des Flusses selbst war. Wer auf dem Po fährt, der kann sich nachher nicht gelangweilt fühlen. Natürlich gilt das nur, wenn man auf die richtige Art und Weise auf diesem Fluß fährt, in der richtigen Verfassung also und mit der rechten Begleitung. Und ohne Frauen. Mit den Frauen ist es immer dasselbe, man ärgert sich die ganze Zeit über und sogar noch am Tage danach in der Erinnerung.

Doch an dem Abend, von dem ich spreche, war Masino nicht nur nicht gelangweilt. Es war ihm gänzlich entfallen, doch wenn jemand ihn erinnert hätte, daß er in den vorhergehenden Jahren unschlüssig gewesen war, ob er sich das elende Leben nehmen solle oder ob nicht, so hätte er solche Erinnerungen mit Verwünschungen von sich gewiesen.

Ihm leuchteten an jenem Abend die Augen. Er schritt ein wenig schwankend einher: die göttliche Müdigkeit, wenn man so will. Und Masino wirkte infolgedessen noch schöner. Ein Gedanke nach dem anderen ließ ihn erglühen und sogar den drei Tage alten Bart vergessen. Es war nämlich so, daß Masino und seine Gefährten bei der Rückkehr vom Fluß in der Wirtschaft eingekehrt waren und dort gepichelt hatten; der Lebenssaft in ihren Adern war von der vielen Sonne ausgetrocknet und mußte erneuert werden.

Masino war wie verträumt vom Nachmittag, doch anstelle der Sonne spiegelte sich in seinen Augen nunmehr der Glanz einer leichten alkoholischen Ekstase.

Aber betrunken war Masino nicht. Er spürte in sich nur eine große Seligkeit. Und um sie besser zu genießen, um sie in aller Ruhe auszukosten, begab er sich schließlich in ein Café im Zentrum am großen grünen und erleuchteten Corso, der Turin durchquert.

Der Nachmittag war wirklich zünftig gewesen. Und doch hatte dieser Tag wie alle großen Tage schlimm angefangen, mit Zweifeln und Unsicherheiten; denn Masino hatte alles organisiert und sich dabei geängstigt und erschöpft. Dann aber entwickelte sich die Angelegenheit auf so wunderbare Weise, daß Masinos kühnste Hoffnungen übertroffen wurden.

Masino hatte die Absicht gehabt, zwei seiner Freunde zusammenzubringen, die sich noch gar nicht kannten; drei Stunden lang sollten sie auf dem Kahn zusammen sein. Beide hatten einen schwierigen Charakter; wenn er selbst nur mit einem von beiden zusammen war, brauchte er seine ganze Anpassungsfähigkeit.

Der eine war ein schweigsamer, sportlicher Typ aus der Gegend von Biella, er grübelte gern, sprach heimatlichen Dialekt, war Pfeifenraucher und nie in seinem Leben in einem Boot gewesen. Er hieß Merlo.

Ein guter Kumpan war er, den Masino von Kindheit an kannte und der ewig über die Flußfahrten seines Freundes lästerte. Masino hatte ihn endlich überreden können, einmal mitzufahren.

Während sich die beiden an der Hütte des Bootsbesitzers

die Badehosen anzogen und Merlo argwöhnisch nach einem Versteck für sein Geld suchte, kam der Zweite an: ein etwas kleingewachsener, doch kräftig gebauter junger Mann, Journalist bei der gleichen Zeitung wie Masino; Hoffman hieß er. Bei ihm hatte Masino erneut bestätigt gesehen, daß Kinder aus zwei verschiedenen Rassen am aufgewecktesten sind. Hoffmans Mutter war Jüdin, sein Vater Italiener. Er hatte ein unbekümmertes Gesicht und eine abgehackte, verschrobene Art zu reden, zuweilen einen fast diabolischen Zug; gelegentlich kam er einem dann aber wiederum wie ein Mönch vor. Masino hatte ihn kennengelernt, als er ihn eines Tages halb im Koma aus dem Po herauszog. In Anbetracht der Tatsache, daß niemand in der Nähe war, der die künstliche Beatmung an ihm hätte vornehmen können, war der junge Mann noch einmal glimpflich davongekommen. Hoffman hatte Masino kaum gedankt, um gleich seinem Ärger über den stinkenden Grund des Flusses Luft zu machen und die pontinischen Sümpfe in den Himmel zu heben, die sich mit Flachbooten befahren ließen. Da das Leben jedoch ein übler Scherz ist, blieb er weiterhin am Po wohnen, statt an die Sümpfe zurückzukehren.

Als die drei zum Boot hinunterstiegen, hatte Masino bereits eine kleine Rede gehalten, etwa folgenden Inhalts: Sie seien ja alle Studenten gewesen und deshalb müßte man sich jetzt duzen. »Und merk' dir, Merlo, daß Hoffman kein Piemontesisch versteht. Wir müssen Italienisch reden.« »Italiänisch, was'n sonst«, erwiderte Merlo. »Man lernt es in der Volksschule«, fügte Hoffman hinzu.

Die Sonne war herrlich. Die Fußsohlen konnten den Boden kaum aushalten. Hoffman hatte sich nach Seeräuberart ein wüstes, rotes Tuch um den Kopf geschlungen, und Masino trug eine weiße Mütze wie ein Matrose. Beinahe nackt, mit den Stechrudern wie Lanzen auf den Schultern, mußten sie auf Merlo Eindruck machen, der ihnen mit seinem spießigen Hut, einem Paddel in der Hand und in gestreifter Badehose folgte.

Schweigend machten sie das Boot los. Masino kamen Zweifel am Gelingen des Zusammenspiels. Falls Merlo weiterhin störrisch blieb und Hoffman seinen rabbinischen Gedanken nachhing oder aber seinem Lästermaul freien Lauf ließ, war der Tag dahin. Und seine Seelenruhe verdorben, zumal er Hoffmans Gedanken fürchtete. Und es hätte ihm leid getan, auf das beseligend Unbewußte und das Elementare der Fahrt im Flachboot zu verzichten, nur um einen Nachmittag mit diplomatischen Kompromissen und Faulheiten über die Runden zu bringen.

Masino stand jetzt, in beherrschender Stellung, aufrecht am Heck, den rechten Fuß fest auf den Querbalken gestützt, das Stechruder allein mit der Linken hantierend. Er riskierte, trotz des unentwegten Hin- und Herschaukelns einer Fahrt bei Gegenströmung, eine kleine Rede: »Wir sollten den Merlo eigentlich loben, weil er so ruhig ausgestreckt daliegt und sich *hütet*, uns stoßen zu helfen. Das Gemeinste an der ganzen Sache ist nämlich, am Anfang wollen sich alle ins Zeug legen und das Boot kommt dabei vom Kurs ab. Aber dann, wenn sie dran wären, bei der kinderleichten Rückfahrt stromabwärts, da sind sie natürlich müde und schauen zu. Anfänger wie Merlo sind selten.«

»Un' was für'n Anfänger«, rief Hoffman von der Mitte des Bootes zurück, wo er das Wasser ausschöpfte. »Pass bloß auf, Kipper, daß du dein' Hut nicht in tausend Fetzen wieder mit nach Mutti nimmst, – bei so'ner Sonne.«

»Lieber den Hut als den Kopf«, kam die Antwort voller Herablassung auf Hochitalienisch.

Masino blieb still, aus Angst, ein Thema anzuschneiden, das zu Streit führen könnte. Das Boot fuhr wieder mühsam gegen eine leichte Strömung an. Die Sonne schien so glühend heiß, daß das tropfend aus dem Wasser gezogene Ruder beim erneuten Eintauchen schon wieder trocken war.

Da erklärte Hoffman, der sich lang ausgestreckt in der Sonne aalte, auf einmal mit der Miene des Eigentümers, bei der »Stromschnelle« werde er Masino ablösen. Die »Stromschnelle« war eine ungemein rasche, bösartige Strömung ein bißchen weiter oben, so breit wie der ganze Fluß, aber flach und mit steinigem Untergrund. »Heute wird sie noch flacher sein.« Deshalb brauchte es starke und erfahrene Fäuste.

Unerwartet meldete sich da Merlo: »Wenn ihr keine Angst habt, daß ich euch ersäufe, versuch' ich's mal allein bei der Stromschnelle.«

Masino starrte Hoffman an – das war doch, als ob jemand, ohne schwimmen zu können, einen Kopfsprung machen wollte. Nicht, daß es wirklich gefährlich gewesen wäre. Aber man würde so viele Male im Wirbel zurückgeworfen werden, daß man Lust und Laune verlöre.

Während der allgemeinen Verlegenheit zog Merlo die Pfeife aus dem Gürtel und fragte: »Hab' ich noch Zeit, 'ne Pipe zu rauchen?«

Dieses Piemontesisch verstand auch der Jude, der Merlo neugierig beäugte und dann meinte: »Zeit genug. Lass'n wir 'n doch mal. Vielleicht schafft er's ja.«

Erneutes Schweigen. »Bald sind wir beim Täubchen-Sprung«, hob Masino an. »Ich habe die Stelle so genannt, weil ich dort Täubchen baden gesehen habe.« Niemand sagte einen Ton; Masino hätte sich am liebsten geohrfeigt.

Der Fluß hatte sich erweitert, es war das ausgedehnte Becken unterhalb der »Stromschnelle«, das Boot glitt durch beinahe stilles Wasser, und die Ufer lagen weit entfernt. Weiter vorn verengte sich der Fluß wieder, auf dem an diesem Tage nur wenige andere Boote fuhren. Doch bei der Mündung des Sangone, auf dem Vorsprung mit dem hohen dichten Pappelwald, hielten sich wie immer eine Menge Leute auf. Von der äußersten Spitze aus, dem Täubchen-Sprung, machten stämmige junge Arbeiter inmitten lärmender Menschenhaufen und eines allgemeinen Tohuwabohus Kopfsprünge aus sechs Metern Höhe. Plötzlich tauchte in der Nähe des Bootes ein bronzebrauner, gutgewachsener junger Mann triefendnaß aus dem Wasser. Merlo, bisher von der Sonne unberührt, erschien im Vergleich mit ihm lächerlich städtisch. Und Hoffman meinte zu seinen zwei Begleitern:

»Schöne Körper zu sehen ist genauso wichtig, wie intelligente Menschen zu kennen.«

»Aber g'wiß, ganz g'wiß«, gab Merlo zu.

»Beide lehren einen die Bescheidenheit, die man zum Leben einfach braucht.«

Auf einmal glitt der Kahn aus der grellen Sonne in den grünen Halbschatten der Bäume hinein. Und Masino, der gerade die letzten wütenden Ruderschläge tat, zerbrach sich den Kopf, ob Merlo wohl diesen Gedanken über die Bescheidenheit verstünde. Hoffman blieb immer derselbe: Er stellte sich nie auf einen anderen Menschen ein. Die »Stromschnelle« rauschte ein paar Meter vor ihnen.

»Wenn du willst, dann los«, sagte Hoffman. Merlo erhob sich und begab sich schwankend zum Heck. Er befühlte das Ruder mit dem Daumen, nahm es danach in die Faust: »Der Trick is' wohl der, nicht auf's Ruder zu seh'n, sondern vor das Boot«, wandte er sich an Hoffman. Der nickte zustimmend.

»Du schaffst das nicht, Merlo«, warnte Masino, »du kannst noch soviel auf dem Kasten haben, aber es ist, als wolltest du englisch sprechen und hättest es nie gelernt.«
»Ich versuch's halt; is' noch kein Meister vom Himmel gefallen«, gab Merlo zurück. Und er stieß sich gegen die Strömung flußaufwärts, die des Untergrunds und der großen Geschwindigkeit wegen schäumte.
Merlo, der ein famoser Fußballspieler war, hatte einen schlotterigen und zugleich großartigen Knochenbau und fand sofort die richtige Haltung: Oberkörper aufgerichtet und Gewicht auf dem Ruder. Masino stand mit dem anderen Ruder bereit, den Kahn festzustemmen, falls er Schlagseite bekäme. Hoffman schaute zu.
Der Bug begann zu schwanken. Merlo straffte sich. Aber sie kamen nicht voran. Um das Boot fortzustoßen, beugte sich Merlo jetzt bis zur Wasseroberfläche vor und fixierte das Ruder. Das genügte: Der Bug drehte sich. Masino stemmte das Ruder, es kratzte auf dem Grund. Heftig auf- und abstoßend schnellten sie in voller Fahrt mit der Strömung wieder zurück, flußabwärts.
Hoffman rührte sich nicht und bemerkte bloß: »Auf Millimeterarbeit kommt's an. Keine Rucke machen, das nützt nichts.«
Beim zweiten Versuch war es dasselbe.
Aber das dritte Mal ging es schlimmer aus. Beim Hin und Her hatte das Boot sich dem Ufer genähert, wo die Strömung wegen einer kleinen Rinne noch reißender war. Im unvermeidlichen Hinunterschnellen sich selbst überlassen, stieß das Boot an einen dicken, vorstehenden Pfahl. Merlo hatte ihn nicht gesehen und wäre im nächsten Augenblick mit dem Rücken dagegen geschlagen.
Masino schrie, um ihn zu warnen, aber Hoffman war schneller. Er sprang zum Paddel und stemmte es mit sol-

cher Kraft gegen das Ufer, daß es zerbrach. »Ein Glück, daß es morsch war«, rief er aus, während Merlos Rücken eine Handbreit an dem Pfahl vorbeiglitt.

Masino, allein im Café und angenehm beduselt, staunte noch immer über das Wunder, das darauf gefolgt war.

Als sie, von seiner Hand gesteuert, die »Stromschnelle« hinter sich hatten, waren sie in die ruhigen Gewässer gekommen, und hier hatte er unermüdlich, bis er klatschnaß war vom Schweiß, den Kahn durch die kleinen Strömungen, die Engpässe und Deichstümpfe manövriert bis unterhalb von Moncalieri. Dann hatte er sich keuchend auf die Planken geworfen. Hoffman und Merlo unterhielten sich.

»Laßt uns Frauen aufladen«, schlug Hoffman vor.

»Das wär' genau das richtige«, bemerkte Merlo. »Aber Masino will keine«, und er schüttelte den Kopf.

»Masino ist ein Dummkopf«, erklärte der Jude. »Sieh' ihn dir an, wie er die Zunge heraushängen läßt. Ein hübsches, dummes Mädchen macht sich immer gut auf dem Po. Aber er will den asketischen Athleten spielen.«

Masino war selig. Er kam allmählich wieder zu sich und schaute sich um. An dieser Stelle pflegte er stets in den Fluß zu springen. »Bring das Boot zum Gran Verdone. Ich geh' ins Wasser.« »Tüchtig, tüchtig, aber spring nicht hinein wie ein Affe. Sind sowieso keine Mädchen da, die dich sehen könnten. Wir holen erst welche.«

Masino wischte sich im Stehen den Schweiß ab. Er nahm die Mütze vom Kopf. Das Boot glitt langsam bis zu einem dunklen Graben im Wasser. Masino nahm Maß. Er wußte, daß Merlo zusah.

»Fertig. Holt mich da hinten ab.« Ein tiefer Atemzug und er sprang ins Wasser, ohne Schwung, aber sinkend. Eine große dunkle Kühle umfing ihn.

Ein paar Meter weiter kam er wieder zum Vorschein. Er suchte das Boot und bemerkte, daß es sich entfernte. Er war 's zufrieden. Er hatte nichts dagegen, bei seiner Rückkehr Mädchen im Schlepp vorzufinden, nachdem er seine Nummer hinter sich und geschwommen hatte.
Er schrie: »Kommt hierher«, und streckte sich. Er überließ sich in aller Ruhe dem Schwimmen, mit weitausholenden Armbewegungen, um sich zugleich in Schnelligkeit und Ausdauer zu üben. Er dachte an nichts, ging ganz in seinen schönen Bewegungen auf, ganz betäubt von der Anstrengung und der Sonne. Er zog die Beine kräftig an und streckte sich bei jedem Ausholen mit den Armen. Er dehnte sich in wohliger Selbstgefälligkeit.
Keuchend kam er an, genau wo er wollte. Er suchte das Boot. Aber die beiden anderen waren weit weg, sie manövrierten gemeinsam und schienen unsicher zu sein. Er war beruhigt. Sie verstanden sich. Auf eine irgendwie männliche, geheimnisvolle Art, nach dem kritischen Augenblick bei der »Stromschnelle« verstanden sich die beiden ganz hervorragend. Und er legte sich nackt, mit geschlossenen Augen und tief durchatmend aufs Gras, um zu warten.
Aber das Allerschönste dieses Tages war erst danach gekommen.
Sie waren gegen Abend vom Fluß zurückgekehrt, hatten sich wieder angekleidet und waren dann das hohe Ufer der Ebene um Turin hinaufgestiegen. Die beiden sprachen von den Frauen, die sie nicht gefunden hatten, und philosophierten darüber. Für den, der's sehen wollte, war der Himmel ganz Farbe und Leuchten, und das spiegelte sich in den Bäumen, im Fluß, überall. Hoffman rief Masino zu, der hinter ihnen ging: »Warum sind wir nicht zur Fleischhaufen-Insel gefahren, um Mädchen zu suchen?«

Dann, erklärend: »Dieser Schafskopf von Masino hat ihr den Namen gegeben. Er hat die Manie, alles, wo er mal war, poetisch zu benennen. Er hat dort einmal eine Frau, so fett wie eine dicke Kuh, beim Sonnenbaden beobachtet.«
»Wie drollig«, brummte Merlo.
»Nun übertreibt mal nicht«, verteidigte sich Masino. »Gut, ich habe den ›Fleischhaufen‹, aber du bist der bessere mit deinem idiotischen ›blauen Kanal‹, bloß weil ein Mädchen mit blauen Unterhöschen mit war? Und den Strand von Atoll, wer hat den Strand von Atoll erfunden?«
»Na ja«, gab Hoffman zu, »das ist der einzige gescheite Gedanke, den du in drei Monaten gehabt hast.« Merlo wurde belehrt, der »Strand von Atoll« hieße nur so, weil man dort stets ein Mädchen ganz ohne Busen gesehen hatte. »Das beraubte Alpha«, erklärten sie ihm. Sie alle drei hatten einmal in ihrer fernen Kindheit Griechisch gelernt.
Merlo schwenkte vor lauter Begeisterung die Pfeife und schlug vor, etwas trinken zu gehen.
»Ich will eine Brauselimonade«, bemerkte Masino.
»Wir werden dir ein Lätzchen umhängen«, hänselte Hoffman.
Die passende Wirtschaft – die »Goldene Kanone« – lag direkt an der Straßenbahn-Haltestelle. Das war bequem; man konnte im letzten Augenblick herauskommen und zur Heimfahrt einsteigen. Die drei begaben sich in ein leeres Hinterzimmer.
Nach langem Hin und Her waren sie einer Meinung und hatten schließlich keine Brauselimonade oder sonstige Alberei vor sich, sondern eine handfeste, goldgelbe Flasche, der alle kräftig zusprachen.
Merlo hatte gebrummt. Er wollte dunklen Wein, »den man auch sieht«.

Masino, der Abstinenzler, trank wie ein Sünder. Die Verantwortung für den goldenen Wein lag ganz bei Hoffman, der ihn köstlich fand und dem Unzufriedenen sogleich ins Wort fiel:

»Ihr seid komisch, ihr Piemontesen, ihr mit eurem dunklen Wein. Ihr glaubt, keine Männer zu sein, wenn euch euer dicker Barberawein fehlt. Ein typisch piemontesischer Blödsinn wie so vieles, das ihr mit euch herumtragt.«

Masino war Abstinenzler. Aber *die* Spitze schluckte er nicht. Grimmig schoß er zurück:

»Du redest immer davon, daß es keine Rassen gibt, und jetzt regst du dich über die Piemontesen auf. Das ist doch Blödsinn!«

Aber es brauchte mehr, um mit Hoffman fertig zu werden.

»Was die Intelligenz betrifft, so gibt es auch keine Rassenunterschiede.« Hoffman ließ sich nicht beirren. »In der Menschenwürde sind alle gleich. Die Unterschiede setzen ein, wenn man nicht denkt, wenn man dummes Zeug quatscht und Vorurteile nachplappert. Weil ihr euch immer einredet, daß ihr solid seid, mit beiden Beinen auf der Erde steht und eine ganz bestimmte Lebensart habt, lebt ihr schließlich wirklich so und da werden richtige Typen aus euch, die gar nicht merken, daß es Wichtigeres gibt auf der Welt.«

Masino schnaubte noch immer vor Wut. Aber er dachte nach. Hoffman gab da plötzlich und unvermutet eine Meinung von sich, und auf einmal wußte man nicht, was man darauf entgegnen sollte.

Aber Merlo war auf Zack. Merlo, der zufrieden seine Pfeife rauchte, sah die Sache richtig. Man sollte sich das anhören.

»Alle geben vor, trinken zu können, und wenn es darauf

ankommt, vertragen sie kein Viertelchen. Die Neapolitaner besonders.« Es war nicht allzuviel Logik darin, aber es war ganz Merlo. Zu Masinos Erstaunen gab Hoffman ihm sogar eine Antwort (sie verstanden sich wirklich, die beiden):

»Als Trinker wird man geboren. Von allen Heucheleien ist die des falschen Gargantua am unsympathischsten.«

Masino blieb die Spucke weg. Wer war dieser Hoffman eigentlich? Er kannte Merlo kaum vier Stunden und schon hatte er Merlo so gut verstanden, daß er ihm mit Gargantua kommen konnte – Merlo war in Sachen Literatur schwierig, aber der Gargantua war sein Ein und Alles.

Merlo antwortete natürlich nicht. Er zog es vor, die Lippen ans Glas zu heben und zu schlürfen.

Eine Weile sagten beide nichts. Der eine rauchte, und der andere zahlte. Dann brach Masino das Schweigen:

»Sag mal, Merlo, wie ist eigentlich das Spiel gegen Novara ausgefallen?«

Lächeln von Merlo. »Nicht gegen Novara, es ging gegen Vercelli.«

Masino schüttelte den Kopf. Er wollte dem Wein die Schuld geben, aber die Wahrheit war, daß er sich überhaupt nicht für Fußball interessierte; für ihn bedeuten alle Mannschaften gleich viel. Er tat jedoch so, als ob er sehr beschlagen wäre.

»Haben sie dir ordentlich zu schaffen gemacht?« Merlo war Torwart.

»Berufsgeheimnisse«, mischte sich Hoffman ein. Es war der einzige Patzer, den er an diesem Tag von sich gab. Aber Merlo ging noch weiter.

»Sie haben mir einen Finger ausgerenkt.« Er zeigte ihn vor. »Da ist einer in der Mannschaft, der tolle Böller abfeuert. Ganz anders als bei Saluzzo. Wer gegen Saluzzo im Tor steht, kann ruhig Pfeife rauchen.«

Wieder mußte Hoffman etwas zum Besten geben.
»Der Beruf des Torwarts fördert meditative Fähigkeiten. Man sieht die Welt vor sich, wie sie sich abrackert, und man selbst tut nichts. Manchmal wehrt man einen feindlichen Glückstreffer ab.«
Merlo mochte diese Gangart, um so mehr als sie ihm Ehre machte. Masino, der Abstinenzler, wagte eine spöttische Bemerkung:
»Aber es ist doch eigentlich der Schiedsrichter, der sich von der Welt zurückzieht und nachdenkt, oder etwa nicht?« Es war der Spott eines Nichtfachmannes – so wie ein Junggeselle über Schwiegermütter spottet. Und Merlo gefiel das gar nicht.
Da in dem Moment der Wein zu Ende ging, kam die Frage auf, ob man sich noch einen kommen lassen könnte. Man zählte das Geld.
»Gut, es reicht.« Und mit der neuen Flasche kamen ihnen neue Gedanken. Inzwischen war es ihnen warm geworden.
Merlo erzählte, er sei vor einem Monat auf der Jagd gewesen in seinem Dorf, oben in den Bergen von Biella, wo er Land besaß.
Masino dachte nun ganz verzückt an *sein* Dorf, an die Ebene von Bedito, wo seine Familie ein Landgut besaß; doch es war seit langer Zeit verpachtet, und er war in der Stadt aufgewachsen.
Aber schon hatte Hoffman sie verstanden. Sogar darin, in ihrem am meisten gehüteten Geheimnis, hatte er sie verstanden.
»Ihr könnt glücklich sein. Ihr geht weg von Turin, habt einen Landbesitz gerade vor der Tür und findet dort euren Wein und die Bauern. Wenn die ganze moderne Welt in die Luft fliegt, wie ich hoffe, verliert ihr nichts dabei, ihr ent-

wischt in eure Dörfchen und alles ist für euch in Ordnung.«
Masino genoß den Augenblick zutiefst. Dies war Hoffmans sentimentale Ader, aber sie kam so nüchtern und kurz zum Vorschein, daß sie nur wie ein Anhang, wie der notwendige Dunstkreis, für den außergewöhnlichen logischen Denkapparat dieses Vaterlandslosen erschien.
Merlo, in Rauch eingehüllt, redete auf eigene Faust weiter. »Etwas Großartiges, so ein Besitz. Ein Feld haben, auf dem man arbeiten kann oder auch nichts tun, wie man will. Den Steinen Fußtritte geben und dabei niemandem ins Gesicht sehen.« Und da er gelehrt war und einmal Jura studiert hatte, fügte er hinzu:
»Dominium est jus utendi atque abutendi re sua, quatenus ratio patitur. Hört, klingt das nicht schön!«
Hoffman, den Masino im Auf- und Abfluten der Stimmungen beobachtete, fixierte seinerseits den Fußballspieler neugierig, bevor er loslegte: »Besitz ist schön, auf die alte Art, er läßt einen natürlich sein, ermöglicht Lebensart. Aber heutzutage einen Besitz zu haben, den man nicht einmal sieht oder kennt und auf dem andere in deinem Namen arbeiten, das ist erbärmlich, dekadent.«
Und dies sagte er mit der ein wenig heiseren und fast weiblichen Stimme, mit der er in Augenblicken tiefer Rührung sprach. Alle drei aber waren im Rausch versunken und keine Traurigkeit rührte sie an.
Masino blieb an diesem Abend nur kurz im Café. Er rauchte ein paar Zigaretten, schaute sich interessiert und unruhig die Leute an, die auf dem Corso vorübergingen. Er merkte nicht, daß er selbst mit seinem gebräunten Aussehen und seiner heftigen Art, an der Zigarette zu ziehen, von allen am meisten beobachtet wurde.
Das Eis war längst gegessen. Masino verspürte plötzlich

eine große Müdigkeit. Da stand er auf und erinnerte sich daran, daß sie, um den Tag nicht zu verderben, von der Wirtschaft zu Fuß nach Hause gegangen waren.

Die Langhe

Da hatte Masin sich gesagt: »In Turin ist's einem heiß. Geh'n wir mal zu den Mistbauern.«
Und seit drei Monaten lebte er nun bei den Mistbauern, aber die Sache lief nicht allzu gut. Garagen gab es dort zwar, doch auch genügend junge Leute, die zu arbeiten verstanden. Er hatte Santo Stefano im Belbo-Tal gewählt, das schien ihm am sichersten. Aus Santo Stefano Belbo stammte nämlich ein Mechaniker bei Fiat, der alle mit seinem nachgemachten Turiner Dialekt verärgert hatte: »Sag' emal, bring dä Akkumulator här.« In *so einem* Dorf muß man sich leicht durchsetzen können, hatte Masino gemeint. Statt dessen mußte er sich damit abfinden, als Klempner-Lehrling zu arbeiten.
In einer Garage, wo er's versucht hatte, konnte ein kleiner vierzehnjähriger Junge namens Gôsto mindestens genausoviel wie er. Außerdem hatte der Garageninhaber noch Landbesitz, und es paßte ihm nicht schlecht, wenn seine Angestellten gelegentlich Öl und Werkzeuge liegen ließen und ihm bei den Feldarbeiten behilflich waren. Als Masin versuchte, Gras zu mähen, hätte er beinahe einem Mädchen das Bein abgeschnitten. Seitdem ließ er die Hände weg von Sensen und Automobilen.
Im Dorf zu leben und Dachrinnen zu löten und zu hämmern, fand er keineswegs sonderlich befriedigend. Aber es gab wenigstens einen Tabak- und Lebensmittelladen nahebei, und der Klempnerei-Besitzer wußte sich beliebt zu machen. Es muß hinzugefügt werden, daß Santo Stefano am Eingang des Belbo-Tales so etwas wie die Hauptstadt der

Langhe ist. Dem Dorf kommt es zu, gegenüber der angrenzenden Provinz Alessandria alle Vorzüge und Tugenden der Bauern aus dem Hinterland zu repräsentieren. Und Mônssû Rôss, der Klempnermeister, liebte es, Vergleiche zu ziehen und Urteile zu fällen: »Also Sie komm' aus Turin und sprech' richtiges Italienisch und sag', das ist hier das Ende der Welt. Aber wir sind trotzdem nicht die Dümmst'.«

Damit sein Angestellter nicht auf die schiefe Bahn geriet, gab ihm Mônssû Rôss Unterkunft und Verpflegung, dazu einen kärglichen Lohn, den er – gegen Zinsen, wie er versprach – zurückbehielt. Gegen diese Bedingungen hatte der Turiner protestiert, aber der Klempner hatte ihm so sehr zugeredet und ihn über das Sparen, über das Alter und überhaupt alles beraten, daß Masin um des lieben Friedens willen schließlich einwilligte.

Er war ein Bollerer, dieser Chef, und nie konnte man ihm etwas recht machen. Die Dachrinnen hatten immer irgendwelche Mängel, und nach langem Gerede endete die Diskussion meist mit dem Satz: »Hör mal zu, mei' Junge, was willst du scho' davo' versteh', wo in Turin alle Dachrinn' ob' im viert' Stock sind?«

Auch Mônssû Rôss hatte Landbesitz, aber der bestand bloß aus einer Hütte mit ein paar Weinlauben; wer weiß, wie er die zusammengespart hatte. Mônssû Rôss nahm den Arbeiter gern sonntags mit, wenn er mit der ganzen Familie, zwei Töchtern und einer Ehefrau, dort hinaufstieg, um einen Imbiß einzunehmen. Die kleine Hütte befand sich auf halber Höhe eines Hügels, einem von jenen weißlichen, fast allein stehenden Hügeln, die ganz aus Weinstöcken bestehen, und im Sommer, so sagt man, bedecken sich die Weinblätter mit Zucker, so verschwenderisch ist hier der Boden.

Masin trug an den Arbeitstagen sein schwarzes Mechanikerhemd, seine Eleganz von ehemals konnte schmutzig werden, ohne daß man das sah. Er trug es auch sonntags, in diesen Dörfern lohnte es nicht, allzuviel Rücksicht zu nehmen.
An den ersten Sonntagen mußte Masin einen Kampf ausfechten. Sein Chef wurde auch »Don« Rôss genannt, weil er sehr salbungsvoll war, manchmal hochitalienisch statt Dialekt sprach und es verstand, allen zu befehlen. Don Rôss war sehr für die Kirche, und wenn er mit vorgeschobenem Bauch die Dorfbewohner grüßte oder das Weihwasser berührte und es mit seinem dicken, ausgestreckten Daumen an die Stirn führte, wirkte er wie ein römischer Imperator oder ein Papst.
Im übrigen stand Don Rôss in dem Ruf, ein ausgemachter Gauner und Schwindler zu sein, und bei all seinen schönen Worten schien das auch gar nicht so weit hergeholt.
Als nämlich Masin eines Sonntags zum ersten Mal sagte: »Heut' morgen geh ich nach Canelli«, billigte der Chef das mit väterlicher Miene: »Oh, da kann man in der Capella delle Grazie zur Messe gehen. Sie liegt . . .« Masin hörte sich das an. Die Kapelle besuchte er nicht.
Am Sonntag darauf fragte der Chef Masin, und zwar mit einer Miene wie bei einer geistlichen Übung: »Komm' Sie heute mit uns zur Messe?« Masin wußte im ersten Augenblick nicht, was er sagen sollte. Dann spielte er den Geistreichen: »Die letzte Messe hab ich gehört, als mein Vater und meine Mutter heirateten.« Der Chef machte ein finsteres Gesicht: »Nein, da gib's nichts zu spaß'. Jetzt, wo ich frei bin, kann ich mach', was ich will, meint er wohl; aber wir alle hab' unser Kreuz. Was ist der Mensch ohne den Glaub' an Unseren Herrn? Und auch er hat den Glaub' nötig: hat er nicht auch sein Kreuz? . . .« So fuhr er eine

Weile fort, und Masin redete schlecht über die Priester und erzählte ein bißchen von der Weltgeschichte und besonders von der Inquisition, das alles in einem trockenen und entschiedenen Ton. Doch es war der Chef, der das letzte Wort hatte:

»Man soll nicht die Sache nach der Person beurteil'. Wir sind alle Sünder ... Also treib' Sie sich heut' nur herum, aber Sie schein' mir doch ein braver Junge zu sein, es wär' schad', wenn Sie verdorb' würd ...«

Masin ging wütend davon. Der Tag der Bekehrung kam nie, das hatte Don Rôss hoffentlich begriffen.

Aber eines schönen Nachmittags im Mai, als draußen alles frisch und der Himmel voll kleiner Wölkchen war, führte Don Rôss ihn in die Sakristei, wo eine Rohrleitung zu reparieren war, und dabei gingen sie durch die Kirche. Don Rôss bekreuzigte sich ausgiebig und zeigte Masin die bunten Glasfenster, dann entschuldigte er sich, um mit »dem Herr' Pfarrer« zu sprechen, der – so erklärte er seinem Angestellten – Diözesanvikar und Kammerherr seiner Heiligkeit war.

Don Rôss ließ Masin zum Nachdenken in der Kirche allein, und als er mit dem Pfarrer zurückkehrte, einem gutaussehenden, hochgewachsenen Priester mit winzig kleinen Augen, grüßte der ihn und fragte, von wo er sei.

Die Sache endete damit, daß Masin den Chef auf dem Heimweg ganz unerwartet fragte: »Warum sind Sie eigentlich nicht Pfarrer geworden?«

»Die Berufung, mein Junge – unser Herrgott hat mir die Berufung nicht zuteil werd' lassen.«

Masin ging niemals zur Messe, aber wenn er sonntags am Mittag zum Essen kam, fühlte er sich unsicher und zog es vor, die gebieterischen Blicke von Don Rôss und der ganzen Familie, die ihn jetzt etwas kühl behandelte, zu meiden.

»Nimm dich 'n acht, mei' Junge . . .«, predigte eines Tages Don Rôss bei Tisch, während er Masin beim Zerlegen des gesottenen Fleisches anblickte. »Nimm dich'n acht vor'm Wein und d' Weiber. Wer Weib sagt, sagt Unglück. Glaub' nur nicht, weil du jung bist, kannst du dir d' Hut aufsetz', wie du willst . . .«
Masin hörte sich das ein wenig spöttisch an. Dieser Dialekt war wirklich eine Bauernsprache. Aber wieso, wieso war er bloß in diesem Dorf gelandet?
Die Ratschläge waren trotzdem gut. Die Provinz mißfiel Masin dermaßen, daß es ihn sogar anwiderte, sich dort einen Bettschatz zu suchen. Aber das Bedürfnis danach verspürte er. Gewisse handfeste Mädchen aus dem Dorf, die ihn im Vorübergehen anschauten, stachen ihm in die Augen. Und er ertappte sich eines Tages dabei, wie er die Beine der Tochter des Chefs anstarrte – vierzehn war sie.
Und so beschloß er denn, sich nach Canelli – ein Paris! – zu begeben und dafür auszugeben, was es eben kostete. Es war die einzige Möglichkeit, nicht im Dorf zu versacken. Er erbat sich einen freien Tag und fünfzig Lire Saldo von Don Rôss, der ihn prompt darauf aufmerksam machte, daß er sein Geld vergeude – man soll das Kapital zinsbringend anlegen –, doch dann begriff er wohl und murmelte irgend etwas vor sich hin.
Masin kehrte abends zurück. Totmüde, mit fünfzehn Lire in der Tasche. Im Geschäft sagte er, er habe keinen Hunger, und ging aus, um in der Gegend herumzubummeln. Irgend etwas fehlte Masin, irgend etwas, er wußte nicht was. Er hätte sich Fußtritte versetzen mögen an diesem Abend. Es war in den ersten Junitagen, und schon hing schwer die Schwüle des reifen Korns in der Luft, vermischt mit einem starken Geruch nach Erde. Der Mond stand voll über dem Dorf und überflutete die umliegenden Hügel mit einem fast rötlichen Glanz.

Masin ging auf der großen Straße nach Cossano. Dann spürte er Müdigkeit. Also kehrte er um und setzte sich beim Posthotel draußen hin. Er verlangte Wein. Zum Schlafen hatte er noch keine Lust. Irgend etwas fehlte ihm an diesem Abend.

Aus dem Hotel drangen fröhliche Klänge. Eine Gitarre, junge Leute, Gelächter, Worte. Masin fing an zu trinken: gepanschten Wein, wie immer in den Wirtschaften der Dörfer, die guten Wein machen.

Dennoch, der Wein stärkte ihn ein wenig, und Masin begann sich sicherer zu fühlen, er vergaß die Langhe und lauschte aufmerksam der Gitarre.

»In Cossano spielen wir alle das gleiche. Tin, gehst du zum Fest nach Carosio?«

»Nö.«

»Verdammt, schon wieder ein anderer Dialekt«, fluchte Masin; aber immerhin waren es junge Burschen wie er.

Er trat in den Raum mit der Gitarre. Der Spieler trug einen mit bunten Papierschnitzeln und einer Feder geschmückten Hut und eine braune Jacke. Er war ein junger Mann mit starken Backenknochen, und er hatte für alles eine Antwort parat. Um ihn herum saßen zwei oder drei andere junge Leute und sangen vor sich hin: zwei Bauern in einer Ecke schauten selig lächelnd zu und rauchten ihre Pfeife; der Wirt mahnte dann und wann zur Ruhe. Der Spieler, obwohl heiter und umgänglich, schien besorgt zu sein. Masin bemerkte nun, daß er ganz abgerissen aussah und einen Vorratssack bei sich hatte.

»Wo geht Ihr jetzt hin spielen?« fragte einer der Bauern.

»Wär's nicht besser, Ihr würdet auf dem Land arbeiten?«

Der Spieler machte eine Geste des Widerwillens.

»Hab' ich gar nicht nötig. Wenn 'ne Klarinette mit dabei wär', würd' ich 'en Haufen Geld machen. Früher, wenn ein

Kind auf die Welt kam, haben sie mich geholt, um ihnen vorzuspielen. Aber jetzt sind alle in 'ner Krise.«
Masin erkannte in diesem jungen Mann endlich seinesgleichen. Er mischte sich in die Unterhaltung ein.
»Von wo sind Sie?« Er merkte, daß der Turiner Dialekt falsch klang. Aber der andere war gewandt und sprach Turinerisch mit ihm.
»Ich bin von diesen Hügeln hier, aber ich war 'ne Zeitlang in Turin.«
Das Publikum, junge Burschen und Bauern, sperrten die Augen auf. Die beiden waren plötzlich Mittelpunkt des Saales.
Masin fühlte sich besser. Er lud den Gitarristen zum Trinken ein. Der nahm an und erzählte, daß er in Turin seinen Militärdienst geleistet habe. Masin sagte: »Ich bin in Neapel im Dienst gewesen. Da hat's denn Südländer!« Der andere lachte. Er hieß Talino. »Gefällt Ihnen die Gitarre?« fragte er dann entgegenkommend.
»Früher konnte ich mal ganz gut drauf kratzen«, erklärte Masin, der nun ins Zentrum des Interesses gerückt war. »Darf ich mal?«
Er bekam die Gitarre. Er trank ein Glas. Alle warteten. Er ließ die Finger darüber gleiten und fühlte sie bereit zum Spiel. Er fing mit »Ramona« an. Über ein paar Töne stolperte er zwar, aber im großen ganzen gelang ihm der Tango, wie man ihn in diesem Saal noch nie gehört hatte. Die Bauern rauchten, völlig geistesabwesend. Ein junger Mann, der angespannt lauschte, hielt inne.
»Bravo!« brachen alle miteinander los, als er geendet hatte. Sie baten ihn um eine Wiederholung. Masin empfand jetzt sogar für die Mistbauern Sympathie. Aber Talino, Talino war sein Publikum. Der war für ihn die Hauptperson.

Sie tranken weiter. Talino redete ganz offen mit ihm. Er erklärte, daß man bei diesem Handwerk Hunger leide. Masin wurde ernst, er verstand ihn. Sie duzten sich. »Stell' dir vor, ich denk sogar dran, die Gitarre zu verkauf'n und die Hacke zu nehmen.« Es war zwar nicht vollkommen, dieses Turinerisch, aber Masin freute sich darüber. Er fragte, wieviel Geld man verdiene, wenn man hier in der Gegend spiele.

»Bei den Festen ...«, erklärte Talino, »bei Hochzeiten, bei der Maisernte im Sommer, in den Kneipen. Aber jetzt gibt's keinen mehr, der mit dem Geld herausrückt«, und er lachte, als er diesen Ausdruck betonte.

Der Abend verstrich rasch. Sie traten ins Freie, Mitternacht war schon vorüber. Masin dachte ärgerlich an das Gesicht von Don Rôss, wenn er um diese Zeit heimkehrte. Würde er ihn entlassen? Er hatte eine Idee.

Talino suchte einen Partner mit einer Klarinette.

»Sag mal, Talino, du bist mir grad' zur rechten Zeit gekommen«, machte er sich Luft, »ich möchte nämlich den Chef gern sitzenlassen ... Tun wir uns zusammen.«

Talino dachte nach. Dann musterte er ihn von oben bis unten. Sie gingen auf der Straße nach San Sebastiano, wo Talino in einem Heuschober übernachtete. Sie hatten die Platanen-Allee erreicht.

»Meine Idee wäre«, erwiderte er dann, »die Gitarre zu verkaufen. Dies Leben paßt mir nicht mehr. Jetzt will ich mal auf dem Land arbeiten bis zur Weinlese. Machen wir das Geschäft?«

Masin schwankte. Er war überrumpelt worden. Es tat ihm vor allem leid, daß er nicht mit Talino zusammenbleiben konnte. »Ach, laß' doch, komm' mit herumbummeln«, flehte er. Der andere stammte aus der Langhe. – »Ich hab' genug davon. Willst du nicht gleich mal ein bißchen probieren?«

Masin fühlte in der Tasche nach. Er hatte elf Lire. Aber das war gewiß eine gute Idee. Die Gitarre war ausgezeichnet. Wenigstens um den Klauen von Don Rôss zu entrinnen. Er sagte: »Ja, aber ich hab' kein Geld.« Und Talino: »Was willst du mir geben?«
»Sag du. Die Gitarre ist wirklich gut.«
»Hundert Lire und eine Flasche Dolcetto.« Sie lachten.
»Ich hab' keine hundert Lire«, sagte Masin.
»Wieviel hast du denn?« fragte Talino.
»In der Tasche hab' ich elf Lire. Das andere hat Mônssû Rôss, aber viel ist's nicht.«
»Ah, du bist bei Mônssû Rôss?«
»Kennst du ihn?«
»Im ganzen Tal ist der doch bekannt. Was willst du bei dem Schwindler bleiben? Kauf die Gitarre und klappere die Hügel ab.«
»Gib mir die Gitarre.« Talino reichte sie ihm. Masin klimperte auf den Saiten herum, versuchte ein Motiv.
»Weißt du, machen wir's schnell, ich geb' dir sechzig Lire, sobald ich sie hab'.«
»Ziemlich wenig«, sagte Talino, und, das Turinerisch völlig vergessend: »d' kost' mindest' achtzig.«
Sie verhandelten im Mondschein. An der Tür zum Heuschober von San Bastian, beim Kläffen des Hundes, wurden sie einig. Siebzig Lire waren am nächsten Morgen in der Werkstatt von Don Rôss zu übergeben. Sie verabschiedeten sich.
»Und geh'n wir dann mal was trinken«, rief Talino hinter ihm her und überließ ihm sogleich die Gitarre. Masin dachte: »Der traut mir nicht wenig«, und ging im Mondschein klimpernd nach Hause.
Talino war bezahlt worden. Am Morgen in aller Frühe waren sie hinausgegangen, hatten in der »Post« etwas ge-

trunken, und das Geld war von der einen Tasche in die andere hinübergewechselt. Masin hörte höchst befriedigt Talino zu, der ihm das Geheimnis eines Akkordes erklärte.

Dann nahmen sie herzlich Abschied. Talino sagte, daß er in der Ebene von Canelli Arbeit suchen wolle. »Auf den Hügeln ist's mühsamer.«

Zwei Stunden später, Masin stritt sich mit Don Rôss herum, tauchte Talino wieder auf. Er nahm Masin, der vor Wut bebte, beiseite und fragte ihn im Vertrauen, ob er ihm für einen Nachmittag die Gitarre leihen könne, er hätte nämlich zufällig Gelegenheit, bei einem privaten Tanzfest zu spielen und könnte sich zwanzig Lire verdienen.

»Hör mal«, zischte Masin ihm zu, »ich geb' der Hütte hier 'nen Fußtritt und komm' mit.«

Talino sagte: »Aber weißt du, es ist ein privates Fest, das geht nicht... Besser, ich geh allein: machen wir halbe, halbe, die Hälfte vom Verdienst... in Ordnung?«

»Nicht für lang«, fuhr Masin fort. »Denk nur. Aber dieser Gauner hier setzt einem ganz schön zu. Er muß mir noch Geld geben...«

»Gut...«, schnitt ihm Talino das Wort ab, denn er hatte anscheinend keine große Lust, Mônssû Rôss zu begegnen, »willst du sagen, daß du dich mit dem Schwindler bis heut' abend einigst? Treffen wir uns um neun Uhr an der Brücke beim Bahnhof?«

Er machte sich mit der Gitarre davon. Masin kehrte in die Werkstatt zurück und sagte trocken: »Gut, geben Sie mir das Geld. Verlieren wir keine Worte, aber Sie sind ein Schuft.«

Don Rôss sah ihn betrübt über den Werktisch an, als ob ihm, Masin, ein Unglück zugestoßen wäre. Es war näm-

lich so, daß Masin in dem Augenblick, als er den Lohn ausbezahlt bekommen sollte, gemerkt hatte, daß Don Rôss zehn Lire zurückbehielt für die Mahlzeiten am Sonntag, die, wie er erklärte, extra berechnet würden. Die im Lohn inbegriffenen Mahlzeiten waren nur die an den Werktagen. Masin glaubte es nicht. Und Don Rôss, überzeugend und streng, hatte ihn darauf aufmerksam gemacht, daß die Verpflegung immer anständig gewesen sei und sonntags geradezu üppig. Nur mußte man sie eben bezahlen.
Masin sprach sogar von der Päpstin Johanna. Don Rôss stieß verschiedene Verwünschungen gegen ihn aus und hielt sich die Ohren zu. Ein Augenblick – Masin packte einen Eisenkolben und hob ihn hoch, um drauflos zu schlagen, aber er verletzte sich die Hand an einer Kante und kam wieder zu sich.
Er beruhigte sich. Es lohnte nicht, sich dafür einsperren zu lassen. Dieser Jesuit hätte ihm sowieso keinen einzigen Pfennig mehr gegeben, nicht einmal im Angesicht des Todes. Und in diesem Moment war Talino gekommen und wieder gegangen.
Als Masin in die Werkstatt zurückkehrte, bekam er die wenigen Groschen, die ihm noch zustanden, nachdem die Sonntage abgezogen worden waren. Er verspürte große Lust, sie irgend jemand ins Gesicht zu schmeißen. Don Rôss schüttelte den Kopf.
»Mein Junge . . .«, wollte er anfangen, aber Masin stieß ein Gebrüll aus: »Hör auf, du Heuchler, das hast du vom vielen Messe-Hören gelernt.«
Als er mit seinem Bündel hinausgegangen war, sah Masin sich um. Wohin sollte er gehen? Ach ja, die Verabredung für den Abend am Bahnhof. Die Gitarre von Talino. Auf einmal verzerrte er den Mund. Er hatte vergessen, sich sagen zu lassen, wohin Talino spielen gegangen war. Wenn

er ihn an diesem Abend nicht fände, würde er ihn nie wiedersehen.
Er war auf dem Dorfplatz angekommen, die Sonne strahlte, und er bebte noch vor Wut. Dieses Schwein von einem Chef. Fettwanst, fromme Miene, Ehrbarkeit, gute Ratschläge! Ehrliche Leute gab es bloß im Gefängnis. Wie kann einer, der Familie hat, der mit der Welt verbunden ist, ehrlich sein? Er muß sich drehen und wenden wie ein Affe, auf die schamloseste Weise sogar, um sich in der Welt durchzuschlagen und sich Lebensunterhalt und Ansehen zu sichern. Ehrliche Leute gibt es bloß auf der Straße oder im Gefängnis.
An diesem Punkt seiner Betrachtungen angekommen, blieb Masin wieder stehen. Hundsföttisches Dorf. Sie stellen sich dumm, aber dann begaunern sie einen. Und darunter lag eine neue Angst. Mit einemmal hatte Masin gemerkt, daß auch Talino so einer war. Talino, der das Geld und die Gitarre hatte.
»Aber nein, der ist ein echter Kerl . . .«
Doch jeder, sogar ein Polizist, würde abhauen, wenn er die Ware und das Geld in der Tasche hätte.
Mit der Gewißheit begann er vor Wut zu kochen. Masin versuchte sich zu erklären, wie er so arglos gewesen sein konnte, die Gitarre abzugeben. Aber er fand keine Erklärung. Er erinnerte sich nur daran, daß er außer sich vor Zorn gewesen war, daß er gebrüllt hatte, daß er beinahe einen Menschen umgebracht hatte. Dieses Schwein!
Und es tat ihm leid, er hatte fast Angst, daß er bald auch Talino so beschimpfen müßte. Er blieb am Straßenrand neben einem Telegrafenmast stehen. Aber nein, Talino konnte doch nicht. Doch, Talino konnte. Aber nein, Talino . . .
»Gottverdammt!« brüllte er plötzlich auf der Straße. Er erkannte, daß er hintergangen worden war.

Auch das letzte Geld war weg. Er lehnte sich an den Mast und schloß einen Moment lang die Augen. Er wünschte, es wäre Nacht und er würde diese Hügel nie mehr sehen. Aber ringsum strahlte triumphierend die Sonne.

Die jungen Lehrerinnen

Mein Land mit Reben, Schlehdorn und Kastanienwäldern,
wo die Früchte wuchsen, die ich immer aß,
meine schönen Hügel – sie haben eine bessere Frucht,
von der ich stets träume und in die ich nie einen Biß getan.
Wenn man sechs Jahre alt ist und nur im Sommer
auf's Land kommt, ist es schon viel,
wenn's einem gelingt, auf die Straße zu entwischen
und unreife Früchte zu essen mit den
barfüß'gen Buben auf der Weide bei den Kühen.
Unter dem Sommerhimmel ausgestreckt auf der Wiese,
sprach man von Frauen, zwischen einem Spiel und einem Streit,
und die andern wußten Geheimnisse, und Geheimnisse wurden
grinsend geflüstert in der göttlichen Muße.
Auf der Straße vor der Villa sieht man noch
– am Sonntag – Sonnenschirmchen vorbeigeh'n vom Dorf her;
aber die Villa ist fern, und es sind keine Kinder mehr da.
... Meine Schwester war damals zwanzig. Auf die Terrasse,
uns zu besuchen, kamen immer die hübschen Schirmchen,
sommerlich helle Kleider, lachende Worte:
junge Lehrerinnen. Sie sprachen womöglich von Büchern,
die sie sich ausliehn – Liebesromane –
und vom Tanzen, von Begegnungen ... Ich hörte unruhig zu
und dachte noch nicht an die entblößten Arme,
die sonnbeglänzten Haare. Mein einziger Augenblick war,
als sie mich wählten, das Grüppchen zu führen,

um Trauben zu essen und am Boden zu sitzen.
Sie scherzten über mich. Einmal
fragten sie mich, ob ich nicht schon eine Geliebte hätte.
Ich war ziemlich verärgert. Ich war bei ihnen,
um mich auszuzeichnen: wie rasch ich laufen und auf einen
Baum steigen konnte,
um schöne Trauben zu finden.
... Einmal begegnete mir auf den Eisenbahnschienen
das scheueste all dieser Mädchen, ein selbstvergeß'nes
Gesicht,
doch gebräunt, wie Blonde es sind, und sie sprach
italienisch.
Man nannte sie Flora. Ich warf unterdessen
Steine auf die Signalscheibe der Züge. Die Freundin fragte
mich,
ob sie zu Hause von diesen Kühnheiten wüßten.
Ich war verwirrt. Und die arme Flora nahm mich mit sich,
denn sie ging – so sagte sie mir – meine Schwester besuchen.
Es war ein herrlicher Nachmittag, einer der ersten
Frühsommertage,
und um im Schatten zu gehen und rascher vorwärts zu
kommen,
liefen wir quer durch die Wiesen. Dicht neben mir
fragte Flora mich etwas, an das ich mich nicht mehr
erinnre.
Wir kamen zu einem Bach, und ich wollte darüber springen:
ich landete halb im Wasser, zwischen dem Gras.
Flora lachte laut von der anderen Seite,
dann setzte sie sich und befahl, ich dürfte nicht hinschaun.
Ich war ganz erregt. Ich hörte die Strömung murmeln,
fließen und wandte mich plötzlich um.
Flink, wie sie war, und stark im verhüllten Körper,
stieg meine Freundin das Ufer hinab, die Beine entblößt,

blendend weiß. (Flora war reich und arbeitete nicht.)
Sie schalt mich ein wenig und bedeckte sich gleich,
zum Schluß aber lachten wir, und ich gab ihr die Hand.
Auf dem Heimweg war ich sehr glücklich.
Und als wir zu Hause waren – keine Prügel.
... Wie Flora gibt es Dutzende in meiner Heimat.
Sie sind die gesündeste Frucht jener Hügel,
die wohlhabenden Eltern lassen sie studieren,
und einige haben auf den Feldern gemäht. Sie haben selbstgewisse Gesichter,
die dich ernst anschaun, und sie sind so begierig:
als Fräulein kleiden sie sich wie in der Stadt.
Sie haben phantastische Namen, Büchern entnommen,
Flora, Lidia, Cordelia, und die Trauben,
die Reihen der Pappeln sind nicht schöner.
Immer stell' ich mir eine vor, welche sagt:
Mein Traum ist's zu leben bis dreißig
in einem Haus hoch auf einem Hügel,
dem Wind ausgesetzt, und nur für die wilden
Pflanzen, die dort oben wachsen, zu sorgen.
Sie wissen sehr wohl, was das Leben ist:
In der Schule machen sie alles Elend durch,
die offene Brutalität von kleinen Wesen,
und sind immer jung. Als Alte ...
... doch ich will sie als Alte nicht denken,
sie werden mir immer vor Augen sein, meine jungen Lehrerinnen, mit dem schönen Sonnenschirmchen, in hellen Kleidern, – die etwas rauhen und verbrannten Hügel als Hintergrund –
meine Frucht, die am besten schmeckt und jedes Jahr sich erneut.

Die Hinkende

An einem lauen Septembermorgen betrat Masin von einem Pfad her die Straße nach Alba. Er war ganz dreckig und abgerissen; besonders mitgenommen war sein ausgeblichenes schwarzes Hemd.

Auf der Landstraße stand ein alter Mann mit einem dichten schmutzigen Bart; er zupfte langsam ein paar Weintrauben ab. Dort, bei einem Mäuerchen, blieb Masin stehen und fragte ihn, ob er nicht ein bißchen Tabak hätte. Der Bettler steckte, ohne zu antworten, die Weintrauben in die Tasche und begann, in seinem grünbraunen, zerlumpten Mantel, der ihm bis zu den Füßen reichte, herumzuwühlen.

Schließlich zog er eine Pfeife hervor. »Gestern war noch Tabak da«, erklärte er mit scharfer Stimme und schnüffelte an der Pfeife. »Wenn Sie daran riechen wollen, junger Mann, der Duft ist noch gut.«

Masin ging nicht darauf ein, sondern fragte: »Ist's noch weit bis Alba?«

»Das kommt auf die Gesundheit an«, entgegnete der Alte, »anderthalb oder eindreiviertel Stunden. Ich warte auf einen Karren und laß' mich in zwei Stunden hinbringen und strenge mich dabei nicht an.«

Masin hatte Hunger. Er konnte sich nicht mehr auf den Beinen halten. Er schwieg. Er schaute auf den Abhang des Hügels, von dem er herabgestiegen war, und untersuchte seine rechte Hand. Auf dem Handrücken war eine Schürfwunde, die noch blutete. Er leckte sie ab.

»Keine Arbeit, he?« fragte auf einmal der Bettler.

Masin blickte kritisch und mit einer verzweifelten Miene ringsumher auf die Hügel. »Alles beschissen in diesen Dörfern.« Dann schaute er wieder auf seine Hand. Das war alles, was er aus der Langhe mitgebracht hatte, vom Schlag am letzten Tag in der Werkstatt des Klempners von Santo Stefano vor einem Monat. Aber gestern abend war die Sache zum Abschluß gekommen. Er hatte diesen Talino mit seiner Gitarre auf einem Bauernhof von Barbaresco wiedergetroffen. Und sie hatten sich gepackt und beschimpft und geprügelt. Die Bauern des Dorfes hatten Talino verteidigt. Masin hatte mit den Fäusten um sich geschlagen wie eine Furie, dann war er hinausgeworfen worden auf die Straße, mit zerschlagenen Knochen. Aber er war befriedigt. Talino war beim dritten Schlag zu Boden gegangen. Und die Gitarre war kaputt.

Die Schürfwunde an der Hand war beim Kampf wieder aufgeplatzt. Masin betrachtete sie aufmerksam.

»Die Weinlese hat noch nicht begonnen«, sagte der Bettler plötzlich, »deshalb kommen hier keine Karren vorbei. In der Traubenzeit ist hier sonst viel Verkehr.«

Masin hörte ihm nicht zu. Er wartete nur, daß endlich ein Auto vorbeikäme, damit es ihn mit nach Alba nähme. Und dann schoß es ihm durch den Kopf, daß keine Herrschaften anhalten und ihn mitnehmen würden, wenn er hier bei dem Alten stünde. Wie sollte er sich diese Filzlaus vom Halse schaffen? Der Alte schien sich auszukennen und streckte sich schläfrig auf dem Mäuerchen aus.

»Wiedersehen«, sagte Masin und machte sich auf den Weg.

Nachdem er eine Weile in der Sonne gegangen war, verspürte er wieder Hunger. Er blickte um sich. Weiter vorn war ein Weinberg. Er kam dort an und wollte hinein. Ein alter Mann kam zwischen den Weinstöcken hervor und fragte, was er suche. Masin sah Pfirsichbäume. »Ich wollte Pfirsichblätter pflücken zum Rauchen«, entgegnete er unschuldig. »Hältst mich wohl für blöd«, schimpfte der Alte, »mach', daß du wegkommst, Nichtsnutz.«

Gewalt anwenden konnte man nicht: Ein anderer, jüngerer Mann kam den Pfad vom Weinberg herab. Masin sagte nichts, ging hinaus und machte sich wieder auf den Weg.

Es war inzwischen spät am Vormittag. Am Himmel waren ein paar leichte Wolken aufgezogen, aber die Luft war lau, reif. Masin versuchte, leise vor sich hin zu pfeifen, aber es gelang ihm nicht. Zu sehr lag ihm noch der Zorn des Vortags im Blut. Aber es war abgelaufen, wie es sich gehört. Prügel, Zähne, Blut. Wenn man sie nicht gewaltsam getrennt hätte, Masin hätte ihn erwürgt. Er war einmal reingefallen, das reichte.

Die Landstraße machte eine Biegung. Masin dachte: Kommt denn wirklich niemand hier vorbei? und sah dann auf einmal etwa hundert Meter weiter vorn ein Auto stehen, um das sich einige Leute zu schaffen machten.

In ihm erwachte der Testfahrer. Das letzte Stück Weg rannte er beinah.

Solche Automobile hatte er selten in den Fingern gehabt. Es war ein ausländischer Wagen mit langer Karosserie, fast so schön – dachte er – wie die Motorskelette, die er zu testen gehabt hatte.

Er kam näher. Ein sportlicher junger Mann stand am Wagen, ganz beschmiert, den Kopf in der Motorhaube. Im Auto saß eine ältliche Dame mit erschrockenem Gesicht, hell gekleidet und den Kopf unbedeckt; sie wartete. Und in der halb geöffneten Wagentür ein junges Mädchen mit verärgerter Miene, das mit der alten Dame sprach, und Masin kam es so vor, als wäre es ein hübsches Mädchen. Doch er dachte nicht weiter darüber nach.

Er ging vorne vors Auto und las Chrysler. Die Dame sagte zu dem jungen Mann: »Siehst du, Giulio, ich hab's ja gesagt: wenn wir Enrico mitgenommen hätten, wäre das nicht passiert, dann wären wir nicht an diesem schrecklichen Ort stehengeblieben.« Warum schrecklich?
Masin wollte den Mann eben ansprechen, als er plötzlich grinsen mußte: Er hatte einen Misthaufen gleich neben der Straße bemerkt. Die Signora fächelte sich mit einem Tüchlein Kühle zu.
Masin begann: »Brauchen Sie die Hilfe eines Mechanikers, Signore?«
Der andere hob den hochroten Kopf, sah Masin flüchtig an und antwortete: »Nein, danke« – und murkste weiter.
Die beiden Frauen beobachteten Masin, der Angst hatte wegen seines abgetragenen Zeugs und seines verhungerten Gesichts. Dann sagte die Signora: »Giulio, laß dir doch helfen: Dieser Mann versteht sicher mehr davon als du.« – Masin erklärte, ohne daß ihn jemand gefragt hätte: »Ich bin vier Jahre lang Testfahrer bei Fiat gewesen.« – Guilio hatte sich aufgerichtet. »Es ist wirklich nichts zu machen«, sagte er, »es muß ein Leck in der Benzinzufuhr sein.«
Masin wagte zu sagen: »Nein, Signore, dann bleibt er nicht stehen. In Fällen wie hier ist es meistens eine verschmutzte Kerze.«
Das junge Mädchen sprang auf: »Das haben Ihnen alle gesagt, Giulio, und Sie bestehen auf dem Leck.«
Masin beugte sich über den Motor. »Laß ihn doch machen, Giulio«, insistierte die Signora streng; und Giulio zog sich mit einer halben Verbeugung mißmutig zurück.
Ein Augenblick und Masin hatte es gesehen. Es lag nicht an der Kerze, es war nur ein Draht gerissen. Aber er schwieg, er richtete sich nicht auf, sondern hantierte mit den einzelnen Teilen, nahm aufs Geratewohl einen Draht

aus den Ersatzteilen, die auf dem Trittbrett verstreut lagen, hämmerte sehr rasch, und alles war in Ordnung. Als er sich wieder aufrichtete, sagte er: »Versuchen Sie jetzt einmal den Motor.« Giulio war skeptisch. Er wollte helfen, die Motorhaube zu schließen, stieg ein. Das Mädchen blieb stehen.

Masin schaute selbstsicher zu. Er hätte wer weiß was darum gegeben, wenn er nur das Steuerrad hätte festhalten und spüren können, wie die Antriebsräder unter ihm brummten.

Der Motor sprang an. Alle stießen einen Schrei der Erleichterung aus, und Giulio klemmte sich mit der wichtigen Miene eines Rennfahrers auf den Sitz.

In diesem Augenblick bemerkte Masin, daß das Mädchen hinkte. Sie war ein bißchen klein, aber von feingliedriger Gestalt. Schade. Sie hinkte. Ein verschlossenes Gesicht, schön.

Giulio rief: »Signorina, steigen Sie ein, wir kommen zu spät zum Mittagessen.« Das Mädchen öffnete unwillig die Wagentür. Giulio rief Masin und wollte den Geldbeutel zücken. Masin wollte sein Glück versuchen.

»Nein, ich will nichts. Aber wenn Sie vielleicht eine Stelle wissen, wo ich Arbeit finde. Vielleicht als Mechaniker, das tät' ich gern.«

»Rasch, Giulio«, sagte die Signora, »laß uns hier wegfahren.«

»Ja«, sagte Giulio, »aber nehmen Sie etwas für die Hilfe.« Doch Geld zog er keins hervor.

Die Signora mischte sich ein: »Sag ihm, er soll nach Alba kommen und nach dir fragen, er kann mit Bernardo sprechen. Los, Giulio.«

Also nichts mit dem Auto. »Adresse von wem?« schrie Masin dem Wagen nach, der sich schon in Bewegung setzte, und starrte das Mädchen an.

»Vom Grafen Celano«, war die Antwort, die vom Motor und vom Anfahren erstickt wurde. »... Celano.«
Und Masin blieb allein auf der Landstraße, ohne einen Pfennig.
Um vom Chauffeur des Hauses Celano akzeptiert zu werden, hatte Masin ihm verraten müssen, daß er keinen Führerschein mehr besaß. So konnte der Chauffeur beruhigt sein, daß der Mechaniker ihn in Zukunft nicht aus seiner Stelle verdrängen würde, und da er also abgesichert war, machte er Masin einige vertrauliche Mitteilungen, etwa daß zum Autofahren Ruhe unerläßlich sei, und sprach über die alte französische Schule, über die Würde, mit der man die Wagentüre öffnen müsse, eine Kunst, die den modernen, flegelhaften Draufgängern unbekannt sei, und er schloß mit der Erkenntnis, das Automobil sei ein Salon, den man mit der Sorgfalt eines Dieners betreuen müsse. Darauf ging er hin und putzte die Scheiben.
Es standen zwei Autos in der Garage, der geschlossene Chrysler für die Reise und ein kleiner 50er, um Benzin zu sparen. Da gab es Werkzeug, Schmiedeherde und eine Tankstellen-Einrichtung. Masin erhielt einen Arbeitskittel und einen Verschlag hinter der Garage. Dies war sein Reich und darüber hinaus sollte er sich nicht wagen. Man übergab ihm die staubigen und heißgelaufenen Autos, die er dann wieder in Ordnung bringen mußte. Zufrieden war Bernardo, der Chauffeur, fast nie. Und Rauchen war in der Garage verboten.
Eine Woche verging und Masin machte die Bekanntschaft des Herrn Grafen. Der kam mit einer Gruppe von Besuchern – zwei buntfarbig gekleidete Damen, ein schwindsüchtig aussehender Jüngling und ein knochiger Hauptmann, der in Afrika gewesen war –, um mit den Einrichtungen der Garage anzugeben.

Masin, den seit drei Stunden, während er dort herumlungerte und niemand sah, die Langeweile quälte, glaubte kaum seinen Augen zu trauen. Er stürzte zur Tür, öffnete und nahm neben dem Chrysler Habacht-Stellung ein. Der Offizier grüßte. Der Herr Graf sah ihn überrascht und befriedigt an. Wenn er gewußt hätte, daß Masin eine Zigarette in der Hand ausdrückte!
»Bernardo hier?« fragte er.
»Nein, Signore, er ist mit dem Auto unterwegs«, platzte Masin los, »aber es ist alles in Ordnung.«
Die Besucher gingen weiter. Die Damen gerieten in Entzücken beim Anblick des grünen Gartens, der sich vor den Fensterchen auftat, der Jüngling drehte am Zapfhahn der Tankanlage und wußte ihn dann nicht mehr zuzumachen. Der Herr Graf und der Hauptmann sprachen wenig miteinander, doch jedes Wort war Gold wert.
»Es ist mir gelungen, mit dieser Anlage auch die geringste Benzinvergeudung der Kanister auszuschalten«, bemerkte der Graf, ein hagerer und jugendlich wirkender älterer Herr, der besser Dialekt sprach als Italienisch. Der Hauptmann merkte es.
»Das ist schon was«, erwiderte er trocken.
Dann gingen die Besucher fort, und Masin, der vor der Garage saß, sah sie im Garten mit dem jungen Grafen und der Hinkenden Tennis spielen. Tennis war etwas, das Masin sehr neugierig machte. Sich ganz in Weiß zu zeigen, um auf einem reingefegten Rechteck saubere Schläge auszutauschen, wobei man unverständliche Worte und ein nervöses Kreischen ausstieß, das schien ihm alles, was diese Leute konnten. Dieser arme Teufel von einem schwindsüchtigen Jüngling, der sich sonst nur mit den letzten Kräften aufrecht zu halten schien, auf diesem Feld wurde er ein anderer – Sprünge, Schläge, Befehle, immer sprang er einem in die Augen. Die Hinkende . . .

Die Hinkende tat, was sie konnte, warf die Arme hoch, aber es war mitleiderregend anzusehen, wie sie sich nach dem Ball über das Feld schleppte.
Eines Tages kam sie und setzte sich mit ihren aufgelösten dunklen Haaren auf ein Tischchen mitten im Garten, ganz verschwitzt und keuchend vom Spiel. Masin blieb an der Garagentür stehen, um sie zu beobachten. Sie machte ihm ein Zeichen. Völlig erstaunt, schaute Masin vor sich hin, um zu sehen, ob wirklich er gemeint war.
»Haben Sie ein Glas Wasser?« rief das Mädchen.
Masin stürzte mit dem Eimer voll frischem Wasser zu ihr, ohne Glas, er wollte es holen, doch sie hielt ihn mit einem Wink zurück und trank aus den Händen.
»Rauchen Sie?« fragte sie dann, als sie seine Kippe sah.
Masin verbarg scherzend sein Gesicht. »Möchten Sie rauchen, Signorina?« erwiderte er. Und er fügte hinzu: »Ich drehe meine Zigaretten selbst.«
»Eines Tages komme ich und werde Sie um welche bitten«, lachte das Mädchen und sprang vom Tischchen herunter.
Masin blickte ihr nach, als sie sich entfernte. Das Mädchen gefiel ihm. Sie hatte eine überlegene Art, dem Herrn Grafen zu gehorchen, die Masin zuerst nicht verstand – solange nicht, bis er wußte, welche Stellung sie in dieser Villa innehatte.
Bernardo sagte es ihm: »Die Signorina ist eine Lehrerin. Sie ist hier, um den kleinen Bruder des jungen Grafen, Rodolfo, für die Nachexamen im Oktober vorzubereiten. Er ist ein Schwachkopf, dieser Rodolfo, er hat nicht den Verstand des Herrn Grafen.« Bernardo sprach immer noch italienisch, um nicht aus der Übung zu kommen bei den Herrschaften, die mit ihm Dialekt zu sprechen pflegten.
Masin begann, sich über all das seine Gedanken zu machen. Jetzt verstand er die überlegene Miene der Hin-

kenden: Sie arbeitete und war von ganz unten aufgestiegen. Der Gedanke war ihm von seinem Unterricht an der Abendschule geblieben.
Er begann es zu bedauern, daß er nicht gebildeter war. Dann hätte er gewußt, wie er sich mit dem Mädchen unterhalten müßte. Und so mußte er Giulio beneiden, der sie immer um sich haben konnte. Nie werde ich an sie herankommen, dachte er dann. Aber wer kennt sich schon bei Frauen aus?
Seit dem Tag mit dem Wasser hatte die Hinkende nicht einen Blick mehr auf Masin geworfen, und Masin machte sich darüber seine Gedanken.
Etwas verband sie. Oft hörte man vom Garten aus ein Grammophon in der Villa spielen. Wie gern Masin dort im Gras gelegen und dieser Musik zugehört hätte, läßt sich kaum ermessen. Des sportlichen jungen Grafen wegen waren fast alle Platten moderne Schlager und Chansons. Masin konnte sie verstehen und merkte sie sich. Und da gab es unter vielen anderen eine Platte – ein Tango –, die ihm besonders gut gefiel; und nach zweimaligem Hören konnte er sie schon auswendig pfeifen, mit allen Variationen und Instrumenten.
Als die Hinkende und ihr Schüler einmal vorbeikamen, um zum Arbeitstisch zu gehen, pfiff Masin in der Garage eben vor sich hin, ohne die beiden zu bemerken. Die Hinkende blieb stehen und hörte bis zum Schluß aufmerksam zu, und Masin hätte davon nie etwas gewußt, wenn der kleine Rodolfo sich nicht vorsichtig dem Fenster genähert hätte und dann laut herausgeprustet und davongerannt wäre. Die Hinkende rief dem Knaben irgend etwas nach. Als Masin den Kopf hob, sah er die junge Frau, die ganz verwirrt eine flüchtige Bewegung mit der Hand machte und eiligst davonschritt.

An diesem Abend holte Masin in der Küche beim Essen alle nur möglichen Erkundigungen über die Hinkende ein, die anscheinend Roberta hieß.
Da erfuhr er große Sachen – die Geheimnisse der Zimmermädchen. Vor allem, daß Roberta und der junge Graf sich in der Garage trafen. »Jesses, hab' ich nie gesehen!« schrie Masin. Großes Gelächter am ganzen Tisch. »Mach die Augen auf!« rief der Koch. Außerdem hörte er, daß sie trank.
»Wie bitte?« fragte Masin.
»Ja, sie trinkt, sie säuft, sie läßt sich vollaufen«, erklärte der Koch weiter, wobei er dem Turiner zublinzelte. Einem Zimmermädchen hatte die Hinkende einmal unter Alkoholeinfluß etwas anvertraut. Roberta trank, um zu vergessen. Immer nur Schnaps: Bei Tisch trank sie nie Wein. Um was zu vergessen? Daß sie hinkte und daß sie schön war und daß niemand sie je heiraten würde, aber daß alle sie wollten. Zum Beispiel ...
All dies hatte Roberta gesagt, als sie betrunken war.
Und Masin fragte sich immer nur, wann sie sich in der Garage getroffen haben konnten.
Er begann wachsam zu sein. Wahrscheinlich doch, wenn er, Masin, nicht da war. Ohne Zweifel während seiner Mahlzeiten. Er aß also in aller Eile, um sofort zur Arbeit zurückzukehren. Eine Zeitlang führte das zu nichts. Eines Abends dann ...
An jenem Abend wurde in der Villa ein Empfang gegeben. Voll von Neid und von kommunistischen Ideen beobachtete Masin gespannt vom Garten aus die erleuchteten Fenster, er hörte die Musik, die Ausrufe, das Lachen. Viele Frauen hatte er hineingehen sehen, eine aufregender als die andere, und alle hochnäsig, als ob nicht auch sie einen Mann suchten. Masin hatte die Hinkende beinahe verges-

sen und lauschte angespannt einem Zwiegespräch auf einem Balkon zwischen einer alten Dame und dem Hauptmann aus Afrika.

»Ja, Marchesa, die junge Gräfin ist schwanger, und was das schlimmste ist: mein Offizier leidet an einer bösen Geschlechtskrankheit. Aber dieser Skandal wird die Armee nicht beflecken, seien Sie beruhigt, Marchesa«, sagte der Hauptmann.

»Wenn jemand so eine Drecksau zur Mutter hat wie die, zeigt sich's früher oder später doch«, kommentierte die Alte.

»Was wollen Sie, Marchesa, wenn jemand das Pech hat, den Frauen zu gefallen . . .«

In dem Augenblick bemerkte Masin, der sich vor Überraschung krümmte, im Garten einen Schatten. Sofort hatte er den Balkon vergessen. Und es kam ihm so vor, als ob dieser Schatten hinkte. Er lief zwischen die Bäume und wartete einen Moment. Er hörte nichts. Er näherte sich dem schmalen Fensterchen der Garage und hielt den Atem an.

In der Garage war es finster. Doch er hörte erstickte Stimmen: ein anhaltendes Gescharre. Er hörte das laute Springen eines Gummibandes.

Wut stieg in ihm hoch. Soll er sich doch mit seinen Frauen amüsieren, dieser Geck. Doch es gelang Masin, sich zu beherrschen. Er trat nur ein paar Schritte zurück und begann zu pfeifen. Dann ging er zur Garage, riß, immer noch pfeifend, die Tür auf und entfernte sich wieder. Dann wartete er zwischen den Bäumen.

Nach einer Weile sah er einen Mann herauskommen, den jungen Grafen, der eilig auf einem Pfad verschwand. »Feigling«, dachte Masin, »der haut zuerst ab.« Dann, nach einer gewissen Pause, erschien die Frau. Im Dunkel sah Masin sie näherkommen. Jetzt war sie neben ihm.

Masin richtete sich im Finstern auf, machte ganz sachte »ssst«, um sie nicht zu erschrecken, und faßte sie bei der Hand. Die Frau blieb stehen und schlug um sich, ohne zu sprechen. Masin faßte sie um die Hüften, drückte sie an sich, küßte sie. Mit Entschlossenheit. Die Frau wehrte sich nicht mehr. Sie war es, die gleich mit der Zunge zu spielen begann.

Dann lösten sie sich voneinander. Die Frau flüchtete. Und Masin war von neuem verblüfft. Sie hinkte nicht. Das war gar nicht Roberta.

Die Neuigkeiten über Roberta hörte Masin am nächsten Tag. Sie war am Morgen total betrunken und bewußtlos in ihrem Zimmer gefunden worden, halb angezogen, in den Sachen des vorhergehenden Abends, Whiskyflaschen im offenen Koffer.

Der Graf hatte rasch gehandelt. »Packen Sie Ihren Koffer zuende und nehmen Sie den Zug. Gewisse Sachen dulde ich nicht in meinem Hause.«

Roberta hatte den Koffer gepackt. Mit verquollenen Augen war sie schwankend im Zimmer herumgelaufen und hatte den Zimmermädchen Auf Wiedersehen gesagt. Dann ging sie in den Garten hinunter. Bernardo war fort. Der junge Graf wollte Kavalier sein und bot sich an, sie mit dem Fiat zum Bahnhof zu fahren. Aber die Gräfin erlaubte es nicht. Sie schaffte alle auf die andere Seite des Hauses und überließ es Roberta, mit Masin etwas auszumachen.

Masin fuhr den Fiat heraus und ließ die Hinkende einsteigen. Dann setzte er sich neben sie ans Steuer und machte sich auf zum Bahnhof. Unterwegs sagte er: »Signorina, es sind alles Lümmel in diesem Haus, man darf sich nicht darüber aufregen.«

Roberta hob das Gesicht, das sie gesenkt gehalten hatte, um den Kühler anzustarren, und richtete den Blick auf Masin.

Masin fuhr fort: »Ich werde genauso behandelt.«
Roberta sagte keinen Ton. Sie zuckte die Achseln und schaute wieder auf die Straße. Masin pfiff vor sich hin. Roberta rührte sich nicht.
Der Bahnhof war nicht weit. Masin erkannte, daß seine letzte Chance bald vorbei wäre. Er schlang einen Arm um das Mädchen und versuchte, es zu küssen.
Sie sagte bloß: »Lästiger Kerl, weg da!« und stieß ihn zurück. Ihre Stimme klang hart. Dann: »Halten Sie an, ich gehe allein« – und Masin mußte anhalten. Er versuchte, mit Selbstbewußtsein in dieses Gesicht zu blicken, das noch von der Nacht abgespannt war, aber es gelang ihm nicht. Er mußte ihr die Koffer reichen und wandte die Augen ab.
»Gute Reise«, sagte er.
Schweigen.

Arkadien

Die Geschichte spielt in jener Zeit, als Masino noch nicht die männliche Überlegenheit gewonnen hatte, die ihm später erlaubte, alle nur möglichen Dummheiten mit Besonnenheit und bei bester Laune anzustellen.
Masino hatte als Student eine ausgesprochene Schwäche fürs Kino, aber er hatte einen besonderen Geschmack. Es war die letzte Phase des Stummfilms. Männliche Standhaftigkeit, die dem Bürschchen noch fehlte, wurde durch einen starken beschaulichen Sinn ersetzt; deshalb erschien dem Studenten ein Nachmittag in einem kleinen Vorstadtkino zwischen Arbeitern und einfachen Leuten vor einer schmalen Leinwand, die wackelte wie das begleitende Klavier, noch als der beste aller Nachmittage.
Ein verfluchtes Leben, dieses Studentendasein. Den ganzen Tag herumflanieren, vor sich hinpaffen und darüber zu brüten, was man am nächsten Tag bloß tun könnte. Lästig und langweilig die Freunde, und doch, was blieb einem anders übrig, als mit ihnen abends irgend etwas anzustellen, irgend etwas zu unternehmen, vor allem in der Hoffnung auf ein Liebesabenteuer, das einem dann den Tag ausfüllen half. Masino beneidete zu jener Zeit die Arbeiter; er schämte sich, auf der Welt zu sein. All dieses geistige Zeug führte zu perversen Wünschen. Da war beispielsweise der Drang, einen ganzen Monat lang, das Studium aufzugeben und in Varietés zu singen. Ein andermal die fixe Idee, sich einzuschiffen ohne einen Heller, um die ganze Welt zu fahren und dabei zu arbeiten, sich irgendwie abzuschuften, nur um zu leben. Ein Glück, daß eben

die Schwäche, die solche Gelüste hervorbringt, auch den Mut nimmt, sie auszuführen.

Masino rettete sich ins Kino, das für unsere Jugend ein wahrer Segen gewesen ist. Die endlosen Wochen wurden so unterbrochen durch die vielen Stunden in einer vertrauten und dennoch immer wieder faszinierenden Welt.

Masino gefielen die Filme aus Amerika. Sie stachelten auch seinen Stolz an, etwas zu entdecken und in einer neuen Welt zu leben. Insbesondere für die Vorstadtkinos schienen diese Filme geschaffen. Masino ging am Nachmittag aus; er ging durch endlose Straßen, über die Verkehrsadern, über die großen Alleen des Zentrums hinaus; bis nach Dora, bis dorthin, wo die Wiesen anfangen; durch die Arbeiterviertel, wo alles noch neu oder noch unfertig war – hohe Häuser, die in den Himmel ragen, mit glatten, wie abgeschnittenen Mauern, und neben denen immer weitere hervorschießen könnten. Er atmete die freiere, lebendigere Atmosphäre ein, betrachtete die blanken kleinstädtischen Läden und stellte sich vor, selbst dieses Leben zu leben, solche Arbeit zu leisten – Fabriken, das dreckige Wasser, das versengte Gras, der Horizont.

Die amerikanischen Filme. Der Eintritt in diese Kinos war billig, und man sah die herrlichsten Dinge. Buck Jones, George O'Brian, Olive Borden, Sue Carol – das Meer, der Pazifik, Wälder, Schiffe. Doch vor allem die kleinen Städte Amerikas, die schmucken Häuser inmitten der Landschaft, jenes unverdorbene und ursprüngliche Leben. Alles war schön. Die Männer, sichere, starke Wesen, man sah ihre Zähne, wenn sie lachten, sie hatten harte Fäuste und einen offenen Blick. Die Mädchen, immer die gleichen, in den Dörfern wie in den Großstädten, gesunde Körper mit frohem, heiterem Gesicht sogar im Unglück. Man kam unbeschwert aus diesen Filmen heraus. Die Leute im Zen-

trum sagten, das seien doch nur Banalitäten, ohne Wahrheit und ohne Leben. Masino aber kam es wirklich so vor, als lerne er durch seine Filmbesuche zu leben.
Auch das Publikum gefiel Masino. Wenn man vom Gestank und von den Flöhen absah – Vorurteile, nichts als Vorurteile –, waren alle die seriösesten und ehrbarsten Leute der Welt. Außerdem arbeiteten sie, und zwar hart, und Masino machte sich das mit Begeisterung und Beschämung klar; denn er war, wie ich schon sagte, nur ein Student, der sich von morgens bis abends herumtrieb.
Eines Abends ließ Milone ihn Amerika entdecken. – »Ich würde gern die Leute kennenlernen, die die Arbeitersprache sprechen«, hatte Masino wie zufällig seinem alten Studienfreund gegenüber erwähnt, und der gab zurück: »Wirklich? Ich führ' dich hin, wann du willst.«
Milone war der Sohn eines Bankiers, der wegen eines Bankrotts im Zuchthaus gesessen hatte; daher seine Kenntnisse und seine Maxime: »Alle entschlossenen Männer landen im Gefängnis. Ich bin entschlossen: Es genügt, nicht zu arbeiten.«
An diese Maxime hielt sich Milone rigoros, und in Erwartung der Handschellen beschäftigte er sich mit Spiritismus und Astronomie, und er brachte zweifelhafte Gestalten mit nach Hause, wie man sie dort seit der Zeit des väterlichen Prozesses nicht mehr gesehen hatte. Von den Polizisten bis zu den Vorbestraften, Milone kannte sie alle und stand mit allen auf du und du. »Schließlich landen wir sowieso eines Tages alle miteinander in der gleichen Soße.« Dem jungen Mann gefiel es, die Polizisten betrunken zu machen und sie dann zu indoktrinieren, um ihnen klarzumachen, sie seien Sklaven eines abscheulichen gesellschaftlichen Systems; sie sollten sich bemühen, wieder zum Licht emporzusteigen. Und im Trandusel des Suffs sagten alle ja.

Masino folgte also Milone in eine ehrbar aussehende Kneipe am Ende eines Corso. Es war Ende März, und es war angenehm, in der Dämmerung zwischen den spärlichen Laternen zu gehen. Asphaltgeruch hing zwischen den Bäumen und das Zentrum von Turin rötete den Himmel in der Ferne. Von dort drang gelegentlich schwach das Rattern einer Straßenbahn herüber.

Milone grüßte einen jungen Mann in der Nähe.

»Ist Môschin da?«

In der Kneipe fanden sie Môschin, die Gitarre umgehängt, in einem rauhen Radfahrer-Trikot, an einem Tisch mit zwei Mädchen.

Milone blickte sich nach weiteren Bekannten um, fand aber niemand und stellte Masino vor: »Ein Freund. Hat die gleichen Ansichten wie ich.«

Eines der beiden Mädchen blickte Masino, der den Hut quer auf dem Kopf hatte, ein bißchen schief an und unterhielt sich dann lachend mit Milone. Das andere Mädchen fuhr fort, schweigend auf der Gitarre des Radfahrers zu klimpern.

»Heut abend sind wohl nicht alle da?« wandte sich Milone an Môschin. »Suchst du nach Rôssôt?« fragte das eine Mädchen. »Rôssôt kommt«, sagte Milone bestimmt. »Ich hab' mit ihm telefoniert.«

»Los, Masino«, stieß er den Freund an, »das Fräulein hier möchte dich begrüßen.« Und Masino, verlegen, fragte nach einer kleinen Pause forciert ungezwungen:

»Singt das Fräulein auch?«

»Greta, Greta«, unterbrach Milone, wobei er das R rollte. »Das Fräulein heißt Greta, wird sonst ›Die Törichte Jungfrau‹ genannt.«

Masino lächelte. Dieses Weibsbild sah ein bißchen verkümmert aus, hatte aber einen Schuß von der femme fatale. Er hielt sie für eine Fabrikarbeiterin.

»Gehen Sie gern ins Kino?« wollte er wissen.
»Nenni. Milone will mich bloß lächerlich machen. Auf der Greta steh' ich überhaupt nicht.«
»Sind wohl 'n Student wie Milone, Sie da?« fragte die zweite, ein freches Gesicht mit einem roten Mund.
Môschin redete unterdessen mit Milone: »Dies Mädchen von San Pè hat Arbeit gefunden bei einer Modistin.«
»Prima«, nickte Milone, »wie lange müssen wir eigentlich noch auf was zu trinken warten?«
Die Flasche kam, die Mädchen nippten.
Masino wußte nicht, was er sagen sollte. »So, die Greta gefällt Ihnen nicht?« begann er von neuem.
»Aber ist die etwa wirklich Ihr Traum?« schnitt sie ihm das Wort ab. »Maria Jacobini, die mag ich.«
Sie sprachen ein wenig über's Kino, und Masino entdeckte, daß für diese Leute historische Filme über alles gingen – besonders die europäischen Streifen über die vornehme Welt, mit Pferderennen und Schlössern, Filme, die er nicht ausstehen konnte. Tom Mix fanden die Mädchen vulgär.
Môschin unterhielt sich währenddessen mit Milone ernsthaft über die Spannung einer Saite auf seiner Gitarre, und er erläuterte seine Behauptungen wissenschaftlich mit *Pizzicati.* »Hör dir das mal an, Milone«, sagte er mit dem Ernst eines Tanzlehrers und schlug die verrücktesten Akkorde an. Milone hörte spitzbübisch zu und schüttelte den Kopf.
»Laß uns was singen, Môschin«, bat das zweite Mädchen und wandte sich von Masino ab. Einen Augenblick später dröhnte der niedrige Raum vom lauten Chor:

*Laggiù nell' Arizona . . .**

* Im fernen Arizona . . .

Die zwei Mädchen sangen aus voller Brust, und Milone stimmte mit seinem Bariton ein. Gegen Ende gesellte sich eine helle, durchdringende Stimme hinzu. Masino drehte sich um und sah einen hochgewachsenen knochigen Blonden, der, an die Tür gelehnt, die Wange auf die Hand gestützt, mitsang.
»Rôssôt«, schrie das freche Mädchen ausgelassen. Môschin leerte sein Glas und schaute Masino an. Die anderen waren alle zur Tür gerannt, um den Neuankömmling stürmisch zu begrüßen.
»Kennen Sie die Refrains?« fragte Môschin Masino, der allein mit ihm zurückgeblieben war, und Masino erwiderte irgend etwas.
»Kennen Sie das Lied?« wollte der andere wissen und sang zur eigenen Begleitung; ein populäres Lied, das man damals in Rom überall hören konnte:

La vita è fatta a chiodo,
*tu ci hai l'amante bella, io te la godo.***

Masino lächelte: »Ich hab 'ne Krächzstimme.«

*Fiôrin daffiore****

fuhr der Radfahrer fort, ohne zuzuhören, als Milone sich einmischte: »Bewegen wir uns? Laßt uns noch ein Glas trinken und dann geh'n wir auf die Wiese. Dort läßt sich's besser singen.«
Der Blonde kam und stellte sich vor: »Rossotto.«
»Das ist Masino«, sagte Milone, »er hört gern, wenn man spielt.«

** Wie ein Nagel ist das Leben, du hast die schöne Geliebte, und ich genieße sie
*** Kleines Blümchen, Blume

Auf der Wiese war Masino wiederum zunächst verlegen. Sie setzten sich auf's Gras – Greta neben ihm – und schauten in den Himmel.
Rôssôt hatte Masino etwas auf Hochitalienisch gesagt, doch Milone hatte ihn korrigiert: »Du kannst mit ihm Piemontesisch reden, mein Freund ist schließlich kein Südländer.«
Es war ein bißchen kühl, aber Masino wagte nicht, darauf aufmerksam zu machen. Môschin stimmte schweigend das Instrument. »Der klebt richtig an dieser Gitarre«, platzte einer heraus, »los, anfangen!« Man rückte zusammen. Alle schwiegen. Rôssôt begann:

*Mamma, lu commissario de Travestere . . .**

Ein klagendes Lied. Rôssôt sang, die Wange schon wieder in die Hand gestützt.

. . . s'è messo 'n testa de mandarme via,
mandarme a l'isuletta n'mezzo al mara
che ha nome la
*Pantelleria.***

Milon tippte Masino an und flüsterte: »Hör dir das an, ist das nicht besser als die *Göttliche Kommödie*?«

Mamma vallu a pregare,
*pregula a mani giunte . . .****

* Mamma, der Polizist von Travestere . . . (Travestere ist ein Arbeiterviertel in Rom. D. Übers.)
** . . . hat beschlossen, mich fortzuschicken, mich zu schicken auf die Insel im Meer, die heißt Pantelleria. (In Italien befinden sich mehrere Gefängnisse auf Inseln. D. Übers.)
*** Mamma, geh und bitt' ihn, fleh ihn an mit gefalteten Händen . . .

Masino sagte schnell: »Es ist so kalt hier«, und im gleichen Augenblick berührte seine Hand die Gretas. Schüchtern zog er sie mit einem Ruck zurück.

fallu per papà mortu
ed io te giuro . . .

Mamma il bullo canteno
*canteno li stornelli s' malavita . . .**

Die Mädchen und Milone stimmten einen lauten vielstimmigen Chor an, die Refrains der »Bullì«.
Beim letzten Zupfen der Gitarre ertappte Masino sich dabei, wie er an das Elend der jungen Arbeiterin dachte.
Das Lied hatte ihn bewegt. Diese etwas rauhe Stimme und die zerlöcherten Strümpfe über den dürren Beinen.
»Phantastisch, das bringt mich zum Heulen«, meinte Milone. Und Masino zu Rôssôt: »Können Sie nichts auf Piemontesisch?«
»Etwa dies?« summte Môschin und spielte:

. . . E madamiña dal prim pian
diapa le ciimess côn le man
mentre chiel da'n tel côrtil
*j' pianta 'd côlp côn el fusil . . .***

»Milone grinste: »Ist das nicht phantastisch, Masino?«
»Herrgott sakra«, rief der voller Übermut, »spielen Sie weiter, bitte.«

* Tu's für den toten Vater, und ich schwöre . . . Mutter, die Kerle singen das Lied von der Unterwelt . . .
** Die kleine Frau vom ersten Stock fängt die Läuse mit der Hand, während der im Hofe mit dem Gewehr schießt . . .

Doch in dem Augenblick ertönte von der Straße her das Singen eines Betrunkenen. Man sah einen Mann dahertorkeln. Rôssôt und Milone schrien ihm zu, er solle still sein. Aber er sang weiter. Darauf gingen die beiden, ihn aus dem Weg zu schaffen. Auch Môschin erhob sich, flüsternd näherte er sich dem frechen Mädchen.

Masino dachte: Morgen habe ich einen schönen Schnupfen, und wiederum spürte er Gretas Hand. Er wollte sich zurückziehen. Aber Greta faßte ihn beim Handgelenk. »Halt doch endlich mal still«, flüsterte sie ihm ins Ohr.

Ein Monat verging. Schon hatte sich dem Asphaltgeruch ein Duft von Erde und Wind beigemischt. Und jedesmal, wenn Masino in die Kneipe ging, traf er sich vorher mit Greta.

Gleich vom ersten Abend an hatte Masino sich so verhalten, wie es seiner Kenntnis dieser Dinge entsprach. *Er* hatte das Mädchen nicht gesucht – in dem Punkt war sein Gewissen rein. Auch jetzt noch empfand Masino, wenn sie von einer Wiese aufstanden oder sich in den Ecken herumdrückten, für sie eine mitleidsvolle, fast absurde Zärtlichkeit.

Er kannte sie inzwischen gut. Es war seine erste körperliche Liebe, und für ihn bedeutete dieser lange knochige Körper – obwohl ihn jedesmal eine verzweifelte Lust ankam, alles abzubrechen – eine neue Welt. Sie war mal schweigsam, mal heiter – von einer groben, rauhen Heiterkeit –, und diese so geheimnisvolle Miene, die ihr den Spitznamen eingebracht hatte, war nichts als eine leere Maske.

Masino verehrte – und erlitt zugleich – ihr abgehetztes Aussehen, ihre Armut, ihre Unwissenheit. Auf dem Heimweg hatte er eines Abends fast geweint, als er an das zerknautschte und ausgefranste Handtäschchen denken mußte, in dem Greta einen kleinen Spiegel und ein mit Lippenstift beschmiertes Taschentuch verwahrte.

Als sie sich eines Tages wie üblich draußen vor der Kneipe im Schutz eines Hauses trafen, trug Masino ein Paket. Er spürte, daß irgendwie ein Ende näherkam, und ihn quälte eine große Ungeduld. Greta ging schweigend an seiner Seite. Masino wußte nicht, wie er anfangen sollte. Dann gab er sich einen Ruck:

»Ich hab' hier ein Paket für dich«, sagte er fröhlich, »da kannst du all dein Geld reintun.«

Greta nahm das Paket, machte es auf und fand ein glänzendes neues Handtäschchen. Masino hatte geglaubt, um den Geschmack des Mädchens zu treffen, müsse er übertriebene Farben wählen: Die Tasche war im Schachbrettmuster rot und schwarz, schreiend geradezu.

Greta schaute Masino an. Sie öffnete das Täschchen und fand all die Kleinigkeiten darin. Sie drückte sich an Masinos Arm, rieb ihre Wange an seiner Schulter.

»Danke, Masin, wirklich schön.«

Masino hatte nichts weiter zu sagen. Und er wäre gern wieder in die Kneipe gegangen, wo Milone und Rôssôt und die anderen saßen.

Greta streichelte ihn. Er erwiderte ihre Liebkosungen. Sie küßten sich. Dann versuchte Masino, die Schritte in Richtung Kneipe zu lenken.

Greta folgte ihm, schweren Herzens allerdings, und während sie seine Hand drückte, war sie überzeugt, eine Kälte bei ihrem Freund zu spüren. Beim Eintreten in die Kneipe erklärte sie ihm: »Dein Täschchen gefällt mir, Masin, aber du willst mich doch wohl nicht sitzen lassen mit diesem Geschenk?«

In der verräucherten Kneipe saß Milone und ein blasser, schwindsüchtig wirkender Typ mit einem Schal um den Hals an einem Tisch und tranken. In einer Ecke stümperte Môschin auf den Saiten der Gitarre herum.

Milone redete schwungvoll daher, wobei er sich an den Fremden, an die Flasche und an den Rauch wandte. Masino und Greta setzten sich um zuzuhören, Milone sagte:
»Geh doch mal in ein Krankenhaus, wo's Elend am dicksten ist, wo es der gütige Gott am schlimmsten macht, da kannst du hören, daß man da am meisten zu dem Mistkerl betet, den die Priester erfunden haben.«
Der Unbekannte nickte zustimmend: »Die machen Hackfleisch aus dir, da drin. Aber wenn einer dafür kein Geld hat, geht's ihm genauso schlecht.«
Milone mußte sehr viel getrunken haben, er wurde immer entschiedener: »Sag du es, Masin, erklär du's mal, du hast ja schließlich studiert«, – Milone hatte selbst studiert, er war nur großzügig – »du hast studiert, erklär du Greta doch mal, wie die Welt gemacht ist, was wir in diesem Leben sind, erklär du ihr mal meine Bibel.«
Milones Bibel waren die Bücher von Flammarion und von Schuré.
Greta starrte Milone an. Der Unbekannte war ganz Ohr. Môschin kam aus seiner Ecke hervor und setzte sich ebenfalls an den Tisch. Milone sprach jetzt von den Sternen.
»Ihr wißt doch, daß die Erde ein Atom im Himmel ist, daß alle Sterne voller Leute sind, daß es vielleicht sogar Nichtstuer wie uns gibt, irgendwo, die reden und schlucken wie wir heute abend?«
Masino dachte, es sei doch gewagt, inmitten dieser Umgebung von Nichtstuern zu sprechen, aber niemand zuckte mit der Wimper. Greta nahm seine Hand.
»Du weißt doch auch von all diesen Dingen, oh du friedsamer Masino«, fuhr der Redner fort, »und warum sagst du nichts, warum erklärst du nicht allen, daß die Priester Schufte sind, daß das Weltall unendlich ist und die Seele eine unsterbliche psychische Kraft?«

Sie tranken. Der Unbekannte wandte ein, er glaube, daß die Seele keineswegs so beschaffen sei, »einmal hinüber, kommt man nicht zurück«. Und Môschin betonte finster: »Es ist schön, sehr schön, wenn man studiert hat.«
Und Milone: »Aber was weißt du von der Seele? Es gibt Kräfte, die du dir nie vorgestellt hast, die ganze Welt ist ein Feld von Kräften, die sich stoßen.«
Masino war ganz in Staunen versunken, wie diese unwissenden Leute an jenen Worten hingen. Dann erinnerte er sich auf einmal daran, daß er eine Frau neben sich hatte, Greta. Er verstand sich selbst nicht mehr. Er schämte sich, daß er sie so schlecht behandelte. Aber er brachte es nicht fertig, an jene Welt zu glauben.
»Sicher, ein ganz schönes Mühlespiel«, kommentierte Môschin, als Milone seine närrische Vorstellung vom gesamten Planetensystem und den Sternennebeln und den Welten und vom Leben überhaupt dargelegt hatte. Auch der Besitzer der Kneipe war herangetreten um zuzuhören.
Masino schämte sich, wenn er an Milones Naivität dachte.
Dann kam Rôssôt: Der Abend endete mit verzweifeltem Chorgesang, wobei viele Liter die Kehlen hinunterflossen. Masino hätte wer weiß was drum gegeben, kein Student zu sein. Und als er mit schwerer Schlagseite nach Hause ging, gelang es ihm nicht, sich eine Strophe aus dem Sinn zu schlagen, die natürlich so ein Gauner komponiert hatte:

La rondine straniera fa ritorno
al vecchio campanile
quando s'allunga il giorno
*quando ritorna aprile.**

* Die fremde Schwalbe kehrt zurück zum alten Kirchturm, wenn die Tage länger werden, wenn es wieder April wird.

Ein paar Tage später erhielt Masino einen Telefonanruf. Eine laute, angstvolle Stimme.

»Bist du es, Masino?« – »Ja.« – »Wirklich du?« – »Wer spricht?« – »Milo . . . paß auf . . . Geh nicht mehr zur Serena . . . da ist die Polizei, die schnappt dich . . .«

»Was? . . . die Polizei?« – »Ja, sie haben einen Fang gemacht. Môschin, Leta und Rôssôt sind ins Netz gegangen. Mich hat Rôssôt angerufen, bevor sie ihn geschnappt haben . . .«

»Was ist passiert?« fragte Masino gespannt, ohne daß ihm Greta in den Sinn kam.

»Ach, blöde Geschichten. Gestern abend haben sie so einen Schwarzhaarigen verprügelt, einen Soldaten, der sich furchtbar aufgespielt hat. Sie haben sich gegenseitig ›Kommunist‹ genannt. Man hat sie auf die Wache geschleppt. Da ist dann so ein Schuft aufgetaucht, der was von Môschin geflüstert hat . . . von der Messerstecherei vom vorigen Jahr, kapiert?«

»Ja, ja.«

»Na eben, jetzt machen sie einen Prozeß. Ah, und auch Greta ist da mit reingezogen . . .«

»Jesses . . ., hör mal, treffen wir uns und du erzählst mir alles.«

»Unmöglich . . . mein wütender Vater hat mich zu Haus' eingeschlossen, damit ich nicht herumlaufe und mich einmische . . . damit ich die Familie nicht entehre . . . Ja, Greta ist auch dabei. Sie wird ein paar Jahre kriegen . . .«

An diesem Tag spürte Masino es wieder wie Messerstiche – das Mitleid für die armen zerrissenen Strümpfe. Angst und Mitleid zum in die Fäuste beißen. Und Môschin – ein Mörder; und Rôssôt – was soll Rôssôt denn getan haben?

Ein Schrecken, das Leben. Er sah Greta vor sich, finsterer

denn je, traurig gekleidet, wie man sie in trockenem Ton herumkommandierte, mitten in einer anonymen Menge. Er hörte wieder jenes rauhe Lachen, und es kam ihm vor wie ein kindliches Lächeln angesichts der Zukunft. Er versuchte, vor sich hinzusingen.

E la rondine straniera ...

Aber es klang matt. Lange Zeit ging er ruhelos im Zimmer auf und ab. Um irgend etwas zu tun, packte er einen kleinen Elefanten, der auf dem Kamin stand, und schleuderte ihn zu Boden. Er zerbrach nicht. So zertrat er ihn mit dem Fuß.

Auf einmal entdeckte er in seinem Herzen einen Gedanken: Greta war an die Schlechtigkeit des Daseins gewöhnt. Sie war stark, fast unempfindlich. Und er verspürte sogar so etwas wie Befriedigung darüber, daß er ihr Geliebter gewesen war und Schluß gemacht hatte mit ihr. So kam er dahin, beinahe stolz darauf zu sein, dieses Mädchen zu kennen. Und natürlich biß er sich in diesem Augenblick in die Hände.

Blues…

Es ist doch nichts Schlimmes dabei, ein Mädchen
ins Zimmer zu nehmen, um Schallplatten zu hören.
Doch der Augenblick kam, da die Platten von selber
erloschen
und keiner von uns beiden mehr lauschte.
Man begreift es – wir waren noch jünger als sie,
und diese Arien, diese Töne sangen laut das Leben.
Das Schlimme begann, als ich auf dem Sofa saß
und das Mädchen trällernd hinabglitt,
wieder eine Platte auflegte, von den üblichen – einen Blues.
Es waren heitere Dinge, aus Amerika, auch die Blues,
doch sie immer wieder zu hören – immer die gleichen –
und sehen, wie sie aufgelegt werden, immer wieder, von
derselben Hand.
Jetzt – von gestern erst sprech' ich – doch der Tag ist
gekommen,
da ich soviel, soviel darum gäbe, könnte ich wieder
das Mädchen sehen, wie es trällernd sich von mir erhebt
und die Platte von einst auflegt – auch einen Blues.

Papa Masino

An den Tagen, da Masino durch die Büroräume seiner Zeitung schlenderte, kam es gelegentlich zu einem kurzen Gespräch mit einer Stenotypistin, einer tüchtigen Kollegin. Sie war eine etwas kantige Frau, gar nicht häßlich, aber ihr Gesicht war nicht mehr jung.
Einmal, als sie sich mittags auf der großen Treppe verabschiedeten, blickte die Kollegin zur Straße und hob winkend die Hand. »Dort geht meine Schwester.« Masino wollte sich davonmachen, schaffte es jedoch nicht rechtzeitig. Eine gut gewachsene junge Dame, flott gekleidet, in hübschen Farben, kam auf sie zu, aber sie würdigte ihn keines Blickes.
Und plötzlich erkannte Masino sie wieder. Er hatte sie vor langer Zeit im Kino kennengelernt. Sie und eine ältere Dame hatten miteinander im Dialekt gesprochen und sich übertrieben für den Film interessiert. Masino hatte sich an ihre Schulter gelehnt, aus Übermut, das Mädchen hatte sich nicht gerührt – Erregung des jungen Mannes –, die Hände hatten sich berührt – eine gewisse Passivität seitens des Mädchens –, und in einem günstigen Augenblick lag dann plötzlich Masinos Hand, allerdings recht unbequem, auf dem Busen der Schönen. Dann war das Licht angegangen – verwirrte Blicke –, und die beiden war im Nu verschwunden.
Ausgerechnet die. Die Kollegin wandte sich um und stellte vor: »Meine Schwester Clara. Herr Masino Ferrero.«
Um ein Haar hätte Masino eingeworfen, man kenne sich bereits, aber er hielt sich gerade noch zurück. Die Schöne

blickte ihn schmollend an. Ihre Hand war kühl und weich. Die Kollegin sagte irgend etwas.
»Clara spielt die feine Dame, doch hin und wieder läßt sie sich herab, mich abzuholen. Aber eigentlich dürfte ich das nicht sagen, sie muß nämlich zu Hause arbeiten. Nicht wahr, Clara?« fragte sie mit boshafter Miene.
Clara verzog ihr Gesicht zu einem verdrießlichen kleinen Lächeln: »Gehen wir?«
Masino atmete auf. »Also dann Guten Tag«, verabschiedete er sich entschlossen.
»Huch, was für eine Eile! Auf Wiedersehen, Masino, und besuchen Sie uns doch einmal. Sie bekommen auch eine Tasse Tee.« Und die beiden entfernten sich tuschelnd in der Menge. Masino folgte der Hübschen mit seinen Blicken und spürte wieder die Erregung in den Adern, wie damals im Kino.
Er ging zum Tee hin. Clara öffnete die Haustür. Masino, ganz der wohlerzogene junge Mann, hielt bei der Begrüßung einige Augenblicke lang die Hand des Mädchens, während er ihr fest in die Augen sah. Sie sagte mit heller Stimme: »Ernesta kommt sofort: sie gibt Carluccio den Brei.«
Sie traten in ein kleines Wohnzimmer ein, das mit hellen, ganz leichten Möbeln eingerichtet war, mit der üblichen bunten Bettcouch.
»Ist auch ein Kind da?« fragte Masino nach einiger Verlegenheit.
»Stellen Sie sich bloß nichts Falsches vor, das ist unser kleiner Bruder«, lächelte Ernestas Kopf hinter einem Türvorhang hervor. Immer war sie freundlich.
»Hier haben ja die Wände Ohren«, entgegnete Masino.
»Wohnen Sie ganz allein hier?« fragte er darauf ernsthaft, an Clara gewandt.

»Seit unsere Mutter gestorben ist. Was will man machen?« erwiderte das Mädchen. »Wir verdienen uns unseren Lebensunterhalt. Obwohl Ernesta behauptet, ich wollte nicht, daß es jemand erfährt. Glauben Sie mir, es ist schwierig mit einem Kind, das man großziehen muß. Wir tragen beide unser Teil dazu bei.«
Masino ertappte sich dabei, daß seine Augen auf dem roten, enganliegenden Kleid der Schönen verweilten. Dieser ein wenig herbe Körper war wirklich ein Genuß – er betrachtete ihn übrigens schon mit Besitzerstolz. Doch kaum hatte er Claras Erklärung gehört, da kam er fast schlagartig wieder zu sich. »Und Ihr Vater? Ich kenne Ihren Vater nicht.«
»Auch unser Vater lebt nicht mehr. Er ist an Tuberkulose gestorben, die hat er sich im Krieg geholt.«
»Sie glauben wohl«, sagte Ernesta, als sie sich die Hände abtrocknete und hereinkam, »daß alle so ein glückliches Leben führen wie Sie ... Rauchen und ins Büro kommen, wenn Sie sich gerade dran erinnern? Denken Sie mal an uns arme Teufel: Ich komme manchmal erst um acht nach Hause und dann muß ich noch saubermachen und das Kind zu Bett bringen ...«
»Na aber« – ein Lächeln – »dafür ist doch Fräulein Clara da?« unterbrach Masino sie. Clara hatte sich auf dem Diwan niedergelassen und räkelte die Beine. Ernesta hatte eine Engelsgeduld. »Clara tut ja, was sie kann, aber sie kann schließlich nicht für alles sorgen.«
Da protestierte die Schöne aber: »Gewiß, gewiß, manchmal wäre ich mit dem Schuften dran, und trotzdem lasse ich Ernesta alles machen, wenn sie todmüde heimkommt.«
Sie ist sogar gutmütig, dachte Masino. Sie gefiel ihm, sie gefiel ihm wirklich.
»Möchten Sie eine Zigarette?« fragte er und zog ein Päck-

chen extravaganter Zigaretten aus der Tasche, das er für diesen Anlaß gekauft hatte.
»Sie sind aber ein Krösus!« kommentierte Ernesta, die überhaupt nicht rauchte. Doch Clara rauchte, und sie nahm die Zigarette mit einer Unbefangenheit an, die Masino entzückte.
Als sie sich bedient hatten, fragte Masino, der sich inzwischen behaglicher fühlte: »Wieso rauchen Sie eigentlich nicht, Ernesta? Sie sind doch die Modernere, da Sie außer Haus arbeiten?«
Die Frage hatte eine soziologische Bedeutung, und Ernesta hatte dazu ganz bestimmte Ansichten. Sie sagte lachend, ein bißchen ruckweise: »Ich und modern? Wenn ich nur Zeit hätte, daran zu denken. Seien Sie sicher, Masino: Die Frauen, die sich modern geben, haben nichts anderes zu tun. Das ist nur eine Ausrede. Wer ernsthaft arbeitet, ist weder modern noch altmodisch. Er ist ein armer Teufel.«
Clara sprang etwas unruhig auf: »Haben Sie dieses berühmte französische Buch *La Garçonne* gelesen, Signor Masino?« Sie errötete ein wenig. »Man hat behauptet, es übertreibe. Ich habe das gar nicht so empfunden.«
Masino, der das Buch kannte, hielt es sogar für überholt.
»Na ja, aber diese Monica ist doch ein moderner Typ? Sie arbeitet für sich, baut sich ihr eigenes Leben auf, ist frei – finden Sie nicht auch?«
Masino gefiel an dieser Unterhaltung nur eines: Wenn Clara *La Garçonne* gelesen hatte, dürfte es nicht schwierig sein, sie zu kriegen. Um so eher, da sie ja im Kino . . .
Clara wirkte in der Tat einladend, so auf dem Sofa hingestreckt. Ernesta bemerkte tadelnd: »Steh auf! Clara, was fällt dir ein?«
Doch die Schöne lächelte nur und hob die Zigarette: »Allein zu sein und künstlerisch zu arbeiten, wie Monica, muß das schön sein!«

»Man kann kaum mehr allein sein, als wir es sind«, kommentierte Ernesta. »Und was das Künstlerische angeht, so haben wir Carluccio. Der kreischt manchmal des Nachts so los, daß man meint, es wäre das Radio.«
Aber Masino, der seine Absichten hatte, hielt es lieber mit Clara.
»Nehmen Sie Tee, Masino?« fragte Ernesta. Masino hatte einen Einfall: »Wenn Sie darauf bestehen! Aber ich möchte gern sehen, wie Ihre Schwester ihn zubereitet. Sie machen immer alles, Ernesta.«
Clara sprang auf. »Was glauben Sie eigentlich? Daß ich keinen Tee machen kann? Sie werden gleich sehen.« Und sie schritt energisch aus dem Wohnzimmer.
»Wenn das bloß gut geht«, warf Ernesta ein. »Aber sagen Sie mir, Masino, was treiben Sie eigentlich so? Ich kann nicht glauben, daß Sie immer nur herumbummeln und die Zeit vertrödeln. Sie sind ein ganz durchtriebener Typ. Also, was machen Sie?«
»Was soll ich denn machen? Ich erledige meine Zeitungsarbeit und gehe nachts so spät wie möglich nach Hause. Nicht immer ganz sicher auf den Beinen.«
Clara ging durchs Zimmer. Sie lauschte.
»Da übertreiben Sie«, sagte Ernesta. »Ich halte Sie für viel zu intelligent, um sich damit zu begnügen.«
Immer der gleiche Schwindel. Aber die Mühe lohnte sich, wegen Clara.
»Ich versichere Ihnen, ich führe ein völlig freies Leben. Ich gehe aus, ich rauche, und ich streite mich, wo ich kann. Weiter gibt's nichts zu erzählen.« Und wenn auch nicht alles stimmte, so ganz gelogen war das nicht.
Clara kam wieder herein: »Wo hast du die Tassen hingestellt?« Sie warf einen Blick auf Masino. »Ah, da sind sie. Wenn zwei im Haushalt herumwurschteln, findet man

aber auch gar nichts.« Sie verschwand erneut in der Küche.
»Wie wird Signorina Clara mit dem Kind fertig?« fragte der Gast plötzlich in einem unpersönlichen, bedeutungsschweren Ton.
»Was für eine seltsame Frage. Was soll ich darauf sagen? Sie kümmert sich um ihn, so gut sie eben kann. Er ist drei Jahre alt. Er spricht schon und spielt. Ein andermal, wenn er nicht schläft, stellen wir ihn Ihnen vor. Es wäre schade, ihn jetzt aufzuwecken.«
»Ganz gewiß.« Masino nickte würdevoll und zündete sich eine zweite Zigarette an.
Der Tee kam. Clara stellte die Tassen hin und begann einzuschenken. Aus der Teekanne goß ein ungewöhnlich heller Strahl. »Was ist los?« Ernesta schaute nach – die Schöne hatte vergessen, Tee ins Wasser zu tun.
Alle lachten mit unterschiedlicher Herzlichkeit, und Clara zischte leise irgend etwas Unfreundliches zu Ernesta. Dann streckte sie sich wieder auf dem Sofa aus.
Masino war äußerst irritiert. Inzwischen fühlte er sich bei den Damen wie zu Hause, doch was Clara betraf – Pustekuchen. Nur einmal, als er extra am Nachmittag gekommen war – weil Ernesta abwesend war –, konnte er die junge Mama an sich drücken und versuchen, sie mit einer etwas ironischen Miene zu küssen. Doch die Gute hatte sich losgemacht und die Überraschte gespielt. »Aber Herr Masino! Hier haben die Wände Augen und Ohren.« Wie könnte er sie bloß ans Kino erinnern? Aber das wäre nicht sehr taktvoll gewesen.
Ein anderes Mal – allerdings war Ernesta zugegen – hatte er das Halbdunkel zu nutzen vermocht und ihr die ganze Zeit über die Hand drücken können. Sonst nichts. Masino durfte für die Zigaretten sorgen – Luxuszigaretten –, aber das war auch alles.

Unterhalten hatten sie sich viel. Das Kind zwischen den Beinen, hatte er einmal sogar schon die Bemerkung angebracht, die er bei allen Frauen seiner Bekanntschaft für unerläßlich hielt: »Wenn ich nicht so ein unsteter Kerl wäre, der die Freiheit liebt wie sein Leben und nie bei einer Sache bleiben kann –, denken Sie nur, Clara, wie schön es wäre, so ein Bübchen zu haben, in einem kleinen Haus, ganz für sich allein.«

»Ja, allerliebst –«, hatte Clara gelächelt, und sie nahm ihn beim Wort und ließ ihn von da an mit dem Kind allein.

Die Küche durfte Masino nicht betreten. Dort arbeitete Clara, anscheinend bügelte oder nähte sie, wie sollte man das wissen, und der Gast im Wohnzimmer hob die Stimme, um sich mit ihr zu unterhalten, während er mit Carluccio spielte.

Er war ein allerliebstes Kerlchen, der kleine Carluccio, und Clara nannte ihn in zärtlichen Augenblicken Uccio oder auch Baby. Sie hatte eine ganz besonders niederträchtige Art, das Brüderchen in Masinos Anwesenheit zu liebkosen; es ging wirklich zu weit. Sie nahm ihn auf den Schoß und drückte ihn an sich; sie küßte, streichelte ihn, zog ihm die Unterhöschen aus, warf ihn hoch, immer mit einem reizenden Lächeln, einem kleinen Stöhnen, das dem jungen Mann das Blut in Wallung brachte.

Carluccio flüchtete sich gern vor diesen übertrieben zärtlichen Ausbrüchen, indem er sich zwischen die Knie des Gastes warf, so daß Masino gezwungen war, sich mit schier unendlichen Kindereien abzugeben – und die Zeit verstrich, ohne daß er etwas unternehmen konnte.

Kam dann Ernesta zurück, so wurde Clara wieder aufsässig, rauchte und schwatzte und dachte überhaupt nicht mehr an das Kind. Sie wurde boshaft. Einmal gab sie Carluccio eine Ohrfeige, weil er die Zigarette anfassen wollte,

ein andermal, als Ernesta das Kind in Schutz genommen hatte, lief sie fort in die Küche.
Mit dem Kind wurde wirklich Komödie gespielt. Es diente sozusagen als Ventil. Ernesta war mit anderen Dingen beschäftigt, Clara überließ sich ihren Launen – der Junge wurde verdammt merkwürdig erzogen.
Masino verbot es seine Würde, deswegen den Entrüsteten zu spielen; er beobachtete Carluccio und das Milieu; nur ganz gelegentlich versuchte er, eine Moralpredigt zu halten. Einmal sprach er sogar in der Redaktion mit Ernesta darüber.
»Die Methode ist falsch«, belehrte er sie. »Man hat sich zu sehr daran gewöhnt, Kinder aufzuziehen, indem man sie unter dem Vorwand, das sei gut für sie, anbindet. Im Grunde sind aber alle Vorwürfe und Strafen nur Zeichen von Hysterie oder bei den Erwachsenen Hilfsmittel im Dienst der eigenen Bequemlichkeit. Das Kind ißt keinen Kohl? Also Prügel, damit es lernt und damit es ihm später im Leben nicht schlecht geht; und die Wahrheit – viele Eltern mögen auch keinen Kohl und statt dessen Koteletts. Das Kind spielt und macht Lärm? Ohrfeigen. Damit es gutes Benehmen und auf die anderen Rücksicht nehmen lernt; und die Wahrheit ist – uns stört in diesem Augenblick der Lärm, er geht auf die Nerven. Das Kind schmatzt beim Essen? Prügel ...«
»Einverstanden, nur«, fragte Ernesta einmal, als sie im Wohnzimmer Tee tranken und darüber diskutierten, daß Carluccio ein häßliches piemontesisches Dialektwort gesagt hatte, »was soll man denn mit den Kindern machen? Man muß sie doch irgendwie erziehen.«
»Aber nicht quälen«, ereiferte sich Masino. »Nicht verlangen, daß sie sich an einen Haufen dummer Regeln halten. Und vor allem nicht vorgeben, ihnen Gutes zu tun,

wenn die Maßnahmen nur unserer Launenhaftigkeit oder unserer Nervosität entspringen. Man soll ihnen ganz deutlich sagen: Ich verhaue dich, weil du mich störst und ich jetzt meine Ruhe haben möchte. Richte dich danach. Ich will nicht, daß du das alles machst. Hier befehle ich und du sollst nicht . . . Eine Ohrfeige, wenn sie nicht gehorchen und Schluß. Immer Freunde bleiben. Sie nicht lange plagen mit unseren blöden Ideen, die sie später, wenn sie erwachsen sind, sowieso für sich akzeptieren müssen oder aufgeben.«

»Sie übertreiben wirklich ein bißchen zu stark. Soll ich Ihnen erzählen, was für Ungeheuer Sie aus den Kindern machen würden?«

»Ach was! Ein Kind ist glücklich, wenn es einen bestimmten Platz in der Welt für sich hat, wo es tun kann, was es will, denken, wie es will, und sicherlich ist es einem Kind lieber, daß die Grenzen nach dem Willen des Stärkeren festgelegt werden – *das* Gesetz kann es begreifen, das braucht es später im Leben nur einzuordnen, aber nicht zu ersetzen –, das ist dem Kind doch lieber als abstrakte, verschwommene Werte wie Respekt, Gerechtigkeit, Liebe, die es nicht versteht und sowieso später selbst entdecken muß. Wir handeln *so* doch selbst gegen diese Werte, wenn sie uns nur dazu dienen, unsere durchaus nicht idealistischen Beweggründe zu kaschieren . . .« Masino schöpfte Atem. ». . . ganz abgesehen davon, daß ein Kind auf diese Weise wahrscheinlich eine viel konkretere Vorstellung von der Welt bekommt als bei der üblichen Erziehung: Es gewöhnt sich daran, sie als ein Spiel, einen Wettbewerb von Schlauheit und Kraft zu betrachten, wie die natürliche Selektion es uns . . .«

Masino hielt inne. Er merkte, daß er schwieriges Terrain betrat. Und Ernesta schüttelte den Kopf: »Sie sind viel-

leicht ein Spaßvogel.« Aber Clara war interessiert und betrachtete ihn aufmerksam.
»Im Gegenteil! Ich versichere Ihnen ...«
»Ja, ja«, fiel Ernesta ihm ins Wort, »aber die Kinder sind nicht alle so intelligent, wie Sie es gewesen sein mögen, und wenn sie auf Ihre Weise malträtiert würden, nähme es mit ihnen ein schlimmes Ende. Glauben Sie mir.«
»Als ob *erziehen* nicht sowieso *malträtieren* hieße und obendrein heuchlerisch«, brummte Masino.
Clara hatte Masinos Wutausbruch ganz offensichtlich genossen. Folge: Auf einem nachmittäglichen Spaziergang zum Schloß Valentino ließ die Schöne sich inmitten der kahlen Bäume und in der großen Stille des Schnees küssen. Ein weiterer Kuß, während man am Po entlangspazierte, und Masino, der den herben Duft der Pinien tief einatmete, verband *dieses* heilsame Gefühl mit einem zweiten – der lebendigen Berührung der erregten Lippen; er drückte den warmen Körper unter dem Pelz an sich, dachte an Dante vor dem mittelalterlichen Kastell und sagte »du« zu ihr.
Am folgenden Nachmittag – Masino hielt es nicht länger aus – öffnete ihm Ernesta. Haß leuchtete in Masinos Augen auf. Weshalb mußte ihm die immer bloß im Weg sein?
Doch Ernesta sagte besorgt: »Wie gut, daß Sie da sind, Masino. Clara geht es nicht gut. Sie hat mich schon geschickt, im Büro anzurufen. Sie liegt im Bett.« Da war Masino zärtlich gerührt. Und die große Schwäche, die er plötzlich in seinen Beinen verspürte, machte ihm bewußt, wie sehr es ihn erwischt hatte. »Um Gottes Willen, was ist denn?« stammelte er.
– »Gar nichts, Masino. Unter uns gesagt: Ich glaube, es ist wieder mal so eine Laune dieser Verrückten. Aber man

muß ihr den Willen lassen. Tun Sie uns einen Gefallen – bitte –. Gehen Sie in die Apotheke an der Ecke und holen Sie Laudanum.«

»Sofort.«

Bei der Rückkehr hielt Masino, vom schnellen Laufen ganz außer Atem, auf der Treppe inne, und da kam ihm ein verrückter Gedanke. Ernesta hatte ihn übrigens schon ausgesprochen. Doch bei ihm kam Angst hinzu.

An Claras Bett – ja, er durfte so weit vordringen – fand er seine Befürchtungen bestätigt. Hingestreckt, gleichsam sich selbst aufgebend, *spielte* das Mädchen die Kranke und sah ihn außerdem überhaupt nicht an. Scham wegen des gestrigen Tages? Nein. Er erinnerte sich an das Spiel der Hände im Kino. Nein, Clara gefiel sich in dieser Rolle der Scheinkranken, das war's. Und das brachte Masino so furchtbar in Rage.

Masino sah sich verpflichtet, zum Abendessen zu bleiben, um Ernesta Gesellschaft zu leisten, aber es war ein merkwürdiges Abendessen, halb Schäkerei, halb Trauerfeier, während Clara, die von dem vielen Laudanum schwarze Ringe um die Augen bekommen hatte, sich von ihrem Bett aus meldete. Masino hätte sich am liebsten wie ein Wilder auf dieses Bett geworfen – wenn sie krank war, um so besser –, aber statt dessen ballte er nur die Fäuste in seiner Wut über die ganze absurde Situation. Ernesta sagte zu ihm: »Was für ein komisches Gesicht Sie machen, Masino! Wenn ich krank wäre, würden Sie sich das auch so zu Herzen nehmen?« – und sie schickte ihn, Carluccio zu beruhigen, der ein Höllenspektakel veranstaltete.

Am nächsten Tag die gleiche Geschichte. Masino war von neuem gerührt und litt Ängste um die Schöne. Doch an diesem Tag kam die Tante hinzu, die vom Kino. Sie erkannte ihn nicht wieder. Sie setzte sich an Claras Bett und

betrachtete den jungen Mann, der im Haus ein- und ausging, mit strengen Blicken. Masino, der auf einen Augenblick mit Clara allein gehofft hatte, um sich ihr nähern zu können, verzehrte sich vor Wut und hatte gleichzeitig Angst, sich wie ein Verlobter zu benehmen.
Am dritten Tag fand er Clara wohlauf. Inzwischen war eine zweite Tante aufgetaucht, und Masino, der beide verfluchte, verwechselte die eine mit der anderen. Man plauderte über ganz allgemeine Dinge, und Clara sprach mit ihm ganz wie mit den anderen. Eins aber wußte Masino ganz genau: Er hatte immer wieder betont, heiraten würde er nie.
Clara begann von neuem, ihn zu meiden. Sie ließ Ernesta die Tür öffnen. Und kaum hatte sie gemerkt, daß die Tanten Masino anödeten, schickte sie sie ihm auf den Hals und verdarb ihm die gute Stimmung. Eines schönen Tages begann dann der Kreuzzug gegen das Fluchen. Masino hatte, wie bei seinem ersten Besuch, auch weiterhin ein bißchen den Aufschneider gespielt, den großen Zyniker; und jetzt, beim Wiederaufflammen seiner Leidenschaft, blieb ihm in der Gesellschaft dieser Damen nur ein Vergnügen: sich als der Intelligente zu geben, der ein gesünderes und sachlicheres Leben kennt.
Es fing damit an, daß er bei den nachmittäglichen Sitzungen im kleinen Wohnzimmer Likör verlangte, und der wurde ihm gern zugestanden. Er rauchte wie ein Schlot und trank wie ein Loch. Die Frauen bemühten sich, ihn zu besänftigen. Doch nur Carla gelang es, die ihm mit einem wehmütigen Lächeln das Gläschen aus der Hand nahm. Aber die Tanten verdarben auch das, indem sie mit Befriedigung konstatierten, nun also habe Carluccio kein schlechtes Beispiel mehr vor Augen. Als Masino sich an der Haustür verabschiedete, war alles wieder eitel Friede. Es wurde

ausgemacht, daß Masino von dem Tage an nicht mehr als ein Glas pro Nachmittag trinken würde.

Worauf sich der junge Mann mit Reden Luft machte. Er griff die pädagogischen Themen wieder auf und brachte geradezu wahnwitzige Grundsätze vor. Zu seinem Unglück reagierten die alten Damen amüsiert, und Clara, Clara betete ihn mit weitaufgerissenen Augen an.

Als Masino sie schließlich einmal an der Haustür festhalten konnte, um ihr einen leidenschaftlichen Kuß zu geben, überließ sie sich ihm und flüsterte: »Du gefällst mir, so wie du jetzt bist. Aber in dieser Umgebung können wir beide nicht leben!«

»Es fehlt bloß noch, daß ich mit ihr davonrenne«, sagte Masino sich auf dem Heimweg. Aber was wollte er eigentlich von diesem armen Mädchen? Und er begann zu fluchen.

Das war bei Masino eine tiefverwurzelte Angewohnheit, obwohl er sich in der Gegenwart von Frauen zurückhielt. Aber damit war es jetzt aus. Und Ausdrücke wie »Scheiße« und »verdammt noch mal« begannen in die Unterhaltung einzufließen. War er allein oder nur mit dem Jungen zusammen, so ließ er sich auch zu handfesteren Ausdrücken hinreißen.

Als er eines Tages mit Ernesta und der Schönen im Wohnzimmer scherzte – allerdings in einer etwas gespannten Atmosphäre –, zitierte er zur Untermauerung eines blasphemischen Fluchs eine berühmte Definition: »Christus. Griechisches Wort, um einer Behauptung Nachdruck zu verleihen.«

Die Frauen mochten das gar nicht und machten einige spitze Bemerkungen über Masinos Gottlosigkeit. Er hörte mit gesenktem Kopf zu und mußte sich eine Moralpredigt über den gesellschaftlichen Nutzen der Religion anhören.

Und so klammerte er sich an diese letzte Zuflucht, diskutierte über heilige Dinge und verlangte, daß man ihm die Überlegenheit des Christentums über den Buddhismus beweise.
Einen solchen Beweis lieferte ihm eine der Tanten ein anderes Mal, als sie ihm erklärte, sie sei in ihrem Glauben großgeworden, und das sei genug – nach ihrer bescheidenen Ansicht –, um aber auch jeden Zweifel zu beseitigen. Dies wiederum drohte Masino in eine seiner mystischen Krisen zu stürzen. Doch als die Frauen spürten, daß irgend etwas in der Luft lag, bedrängten sie ihn nicht länger.
Ach, die Nachmittage im Wohnzimmer waren unerträglich geworden! Und Masino spürte genau, daß man ihn eben noch duldete. Aber auf welche Weise konnte er sich losreißen? Er hoffte auf Erlösung, indem er Bündel von Korrekturabzügen von der Zeitung mitbrachte.
Eines Tages, als er auf dem Sofa im Wohnzimmer korrigierte, während Clara in einem Lehnstuhl nähte und eine der Tanten zum Frommen aller eine langatmige Geschichte erzählte, fing Carluccio an zu kreischen. Er konnte seinen Luftballon nicht mehr finden, mit dem er Zeppelin spielen wollte. »Sei artig, Baby«, mahnte Clara.
»Herrgott noch mal . . .«, fing das Baby an.
Masino blickte auf. Nach einem langen Schweigen kam der Tee, irgend jemand sagte irgend etwas, aber ein Rädchen in der Maschinerie hatte ausgesetzt. Wenige Tage später kriegte Carla überdies Märzenflecken im Gesicht – alles war anders geworden.
Ernesta kam von der Arbeit zurück, aber es gelang ihr nicht, die Stimmung zu erwärmen. Masino verabschiedete sich von allen und machte sich auf und davon.

Krankenhaus

Masin war sich bereits klar, daß er einen Winter in der Stadt, bei dem Grafen Celano, nicht mehr aushalten könnte, als ihm die Entscheidung abgenommen wurde.
Zufällig verschwanden in dem Landhaus der Celanos Gartengeräte, und der Herr Graf meldete die Sache der Polizei.
Zufällig schmeckten dem Oberfeldwebel der Carabinieri von Alba, einem Mann aus den Abruzzen, in der Wärme nahe beim Feuer die guten piemontesischen Weine ausgezeichnet.
Zufällig stürzten den ganzen Oktober über Wolkenbrüche vom Himmel, und das Laub war schon tot, und die Luft roch faulig.
Kurzum, dem Grafen gelang es nicht, den Beamten wieder loszuwerden, der Instruktionen gab, Nachforschungen anstellte, ganz schamlos den Weinkeller lobte und dann zum Abschied auch noch der Gräfin die Hand küßte.
Eines Tages notierte er, um die Verdächtigen einzukreisen, die Namen aller Hausangestellten, und es verging keine Woche, da saß er wie gewöhnlich vor der Flasche und machte den Herrn Grafen darauf aufmerksam, daß sein Mechaniker unter anderem einen Menschen getötet hatte.
Empörung. Verhöre. Masin schweigt. Er ist entlassen.
Unterdessen war es kalt geworden, und Masin hatte keine Lust mehr umherzustrolchen. Aber was tun in dieser scheußlichen Gegend? Er nahm einen Zug, stieg in Bra um und war eine Stunde später in Turin.
»Soll ich nach Calcutta?« überlegte er, »die Dreckbauern

will ich nie mehr sehen. Turin ist groß. Irgendwas werd' ich schon finden.« Doch wenn Masin in der Langhe der »Turiner« gewesen war, so war er, wieder zurück in Turin, hier selbst der »Dreckbauer« und »Sturkopf« obendrein.
Der Vater – Arbeiter – überschüttete Masin, der seine Familie aufsuchte, mit einem wirren Wortschwall, begann mit dem Unfall bei Pino, erwähnte das Leben im Militärdienst und daß der Sohn dort das Nichtstun gelernt habe und daß seine Mutter im Krankenhaus sei und daß er an seiner Stelle Polizist werden würde.
»Du bis' ja besoffen, Papa«, wies Masin ihn zurecht.
Schlimmer: Der Alte hatte das Trinken aufgegeben, wegen der Kranken, und verbrachte nun die Tage mit Jammern, daß man nicht durchkäme, selbst wenn man auf's Trinken verzichte.
Masin gab ihm vierzig Lire – die Hälfte seines Notgroschens –, erkundigte sich, in welchem Krankensaal die Alte liegt und machte sich auf die Socken.
Sie wohnte in Oltredora, seine Familie, in einem siebenstöckigen Haus, und von den großen Jungen im Hof erkannte ihn keiner mehr, als er vorüberging. Masin befühlte sein Kinn und spürte drei Tage alte Bartstoppeln.
Er überquerte die gänzlich verschmutzte und schlammige Dora auf der kleinen Holzbrücke der Straßenbahn. Es ging schon auf Abend zu, und gegen den rötlichen Himmel waren die Kirchtürme von Porta Palazzo nur undeutlich zu erkennen. Masin hatte als Knabe von diesen Kirchtürmen in der Ferne geträumt; dort sei die Stadt, hatte er geglaubt, wo man sich vergnügte. Diesmal lief er den Bürgersteig lang, ohne auch nur einmal aufzublicken.
Er betrat auf der Piazza einen überfüllten Barbierladen, setzte sich und schaute die illustrierten Zeitungen an.
Die Friseurgehilfen redeten aufgeregt über das Fußball-

spiel des Vortags. Internationales Spiel: Italien–Deutschland. Seit drei Monaten hatte Masin sich nicht mehr um Fußball gekümmert, und als er den Namen eines Torhüters nicht kannte, wurde seine Laune noch schlechter.
Als er wieder hinaustrat, wußte er nicht, wohin. Er schlenderte eine Weile umher, wurde beinahe von einer Straßenbahn überfahren und ging schließlich für eine Lire in ein Kino. Tom Mix. Uff.
In der Pause lief er hinaus. Immer dasselbe. Er mußte daran denken, wie diese Leute mit ihrem Kinozeug Millionen verdienten.
Er ging Salami, Wein und Brot kaufen und kehrte nach Hause zurück. Sein Vater rauchte eine Toscano. Er hatte ihn erwartet. »Wußt' ich doch, daß du zum Schlafen herkommst.« – Sie setzten sich zu Tisch. Sein Vater jammerte, der Wein sei schlecht. Dann: »Ich hab' der Mutter heute eine Flasche gebracht.«
Masin hatte keine Lust auf Wein. Statt dessen fragte er: »Hat Mutter immer noch Ischias?« Der Alte brummte lange vor sich hin. »Die Feuchtigkeit, weißt du . . . dieser ewige Regen . . . sie raucht nicht, sie trinkt nicht . . . Du mußt arbeiten, Masin, werd' doch Polizist, gut bezahlt . . . Verdauungsstörungen . . . ich hab' es satt . . . Nichtsnutz . . .« Masin ging schlafen.
Nach einer Woche war es in Turin wieder zum Aushalten. Es regnete zwar immer noch und die Tage waren dunkel, aber Masin hatte Arbeit. Hilfs-Bühnenarbeiter im Odeon, einem Revuetheater.
Es war ein ständiger Wechsel von Schauspieltruppen, die Bühnenarbeiter hatten von morgens bis abends zu tun, um neue Kulissen aufzustellen. Am besten gefiel es Masin, sich abends unter die Tänzerinnen und Schauspieler zu mischen. All diese Beine, diese Gesichter, dies Geschrei und

diese Komödien faszinierten ihn. Aus seiner Position hinter den Kulissen sah er Teile der Revue; er hörte das Orchester und die Schlager. Aber die männlichen Schauspieler, die sich mit ihrem Hochitalienisch aufplusterten, die gingen ihm auf den Wecker.
Unter den Berufsklatschern entdeckte er eines Tages einen alten Kollegen aus dem Lingotto.
»Ciaô Masin, du hier?« Der andere sprach das alte Turinesisch, und Masin merkte mit Beklemmung, daß er selbst es schon halb verlernt hatte. Es zeigte sich, daß der Kollege mit Frauen handelte; er trug Masin sogar welche an, und einmal willigte Masin ein – es war eine Chorsängerin –, aber der Kollege behandelte ihn wie einen Freund und nahm kein Geld, er fragte ihn nur nach seinen Eindrücken und schlug ihm verschiedentlich vor, ihn zu seinem Teilhaber zu machen.
Masin schüttelte den Kopf: »Jetzt noch nicht. Vielleicht später.«
Er hatte seine Mutter im Krankenhaus besucht und war mißmutig zurückgekommen. Der Alten ging es besser, sie würde bald herauskommen, aber sie redete, als gäbe es außer ihr niemanden mehr auf der Welt, und mit strenger Miene hatte sie Masin gefragt, wo er diesen Sommer gewesen sei. Die Pflege im Krankenhaus hatte sie verdorben. »Warte nur, bis ich hier rauskomme ... Wenn ich jetzt rauskomme, sag' ich dir ...«
Um zu jenem Bett in der Mitte des Krankensaales zu gelangen, hatte Masin durch zwei Reihen von kranken Frauen hindurch müssen, durch einen stickigen Geruch, Medizingestank, leise Worte, und am Ende des Saales hing ein großes Kruzifix. Masin erinnerte sich an kein einziges dieser Gesichter, aber er spürte in den Knochen die Kälte dieser kümmerlichen, mageren Frauenkörper, die fiebernd

unter den Decken lagen. Er schwor sich, nie wiederzukommen. Und am Abend waren ihm die schönen durchtrainierten Beine und Rücken, die glänzenden Gesichter der Tänzerinnen wie lauter Krankenhaus-Fleisch vorgekommen. »Ich hab' böses Blut«, sagte er sich, als er in dieser Nacht nach Hause ging, und er versuchte, eines von den Theater-Liedern zu pfeifen.

Er hätte die Anstellung am Odeon danach nicht ungern aufgegeben und sich wieder mit Motoren beschäftigt – die machten einen wenigstens nicht krank –, wenn ihm nicht ein Gedanke durch den Kopf geschossen wäre, der sich immer mehr festsetzte. Singen konnte er, spielen auch – warum also nicht als Künstler sein Glück versuchen, wie die Bauernlümmel, die ihm überall im Weg standen?

Masin dachte lange nach, wie er es am besten anstellen könnte. Er wußte nicht – sollte er geradewegs zum Theaterdirektor gehen und ihm die Sache vortragen, oder sollte er versuchen, sich über Frauen einführen und empfehlen zu lassen? Er probierte es auf die eine wie die andere Art; beides mißlang. Der Direktor hörte ihn gar nicht erst an; die Mädchen, nun, einige ließen sich heimlich umarmen – Masin war als Mann gar nicht zu verachten – und hatten ihren Spaß mit ihm, doch in Gegenwart anderer taten sie, als ob sie ihn gar nicht kannten.

Eines Abends fiel ein Komiker aus. Masin bot sich an, einzuspringen – er kannte die Rolle. Man wollte ihn nicht. »Das ist nicht Ihr Beruf«, hieß es. Von da an schmiedete Masin Pläne. Warum sich damit begnügen, um eine Stelle bei der Revue zu betteln? Man konnte schließlich als Künstler auch einzeln auftreten – Varieté –, es brachte mehr, und man war freier.

Er brütete darüber. Die Schwierigkeit war: Er wußte nicht, wie man ein Programm machte, er hatte keine Ahnung

von Verträgen, er hatte keine Beziehungen. Er hörte sich also ein bißchen um. Er sprach den Kollegen vom Lingotto an.
»Das ist doch was für Doofköppe«, meinte der, »das überlaß mal den Neapolitanern.« Aber Masin gab nicht auf. Und dann fiel ihm etwas ein: Allein würde er's nie schaffen, aber mit einer Partnerin – zu zweit konnte man etwas auf die Beine bringen.
Er machte sich an ein paar Mädchen vom Chor, mit ernsthaften Vorschlägen, ganz wie ein Geschäftsmann; die lachten ihm nur ins Gesicht. Er versuchte die erotische Tour, schmeichelte den Mädchen und trällerte ihre Songs nach – da lachten sie hinter seinem Rücken. Als Masin die Nase voll hatte und sein Vater immer weinerlicher wurde, warf er ein Auge auf eine Tänzerin: sie war ein lustiges Mädchen aus Turin, das unzufrieden wirkte. Er machte ihm einen Heiratsantrag.
Natürlich wählte er dafür einen besonders geeigneten Augenblick. Sie sprachen gerade von Krankheiten, von Schwierigkeiten im Leben. Masin begleitete sie hinaus vors Theater, heimlich, damit die anderen es nicht sahen. Er sagte, er habe etwas einstudiert, er kenne sich mit Musik aus, er habe nur als Kulissenschieber gearbeitet, um den richtigen Typ zu finden, und dieser Typ sei sie. Ob man nicht versuchen sollte zusammenzuarbeiten? Als Zeichen seiner Vertrauenswürdigkeit würde er sie heiraten.
Pucci – Maria – erzählte, ihre Mama sähe sie gern erfolgreich. Sie beklagte sich über das Theater, wo sie nicht rauchen dürfe; sie blickte Masin an.
Masin hatte an diesem Abend einen sauberen Anzug und sein weißestes Hemd angezogen. Er hatte sich sogar die Haare schneiden lassen. Er bemerkte, daß Pucci ihn im stillen mit irgendeinem Kerl verglich, der's mit ihr gehabt hatte. Und er nahm all seinen Mut zusammen.

Es lief ganz nach Wunsch. Pucci sagte zwar nicht, daß sie ihn heiraten würde, willigte aber ein, mit ihm heimlich ein paar Nummern zu proben. Unterdessen sollte er ein Engagement suchen. Wenn das gesichert wäre, aber wirklich ganz sicher, würde man weitersehen.

Masin verabschiedete sich vor Puccis Haustür; er versuchte, ihr einen Kuß zu geben, aber Pucci entwischte ihm, singend, die Treppe hinauf – um zwei Uhr morgens.

Zwei Wochen lang probten sie; Masin suchte, sich auf die rein künstlerischen Aufgaben zu konzentrieren. Er wollte dem Mädchen keine schlechten Angewohnheiten beibringen – schließlich würde sie eines guten Tages seine Frau sein. Pucci aber wurde immer raffinierter und kommandierte Masin herum, der sich Stück für Stück damit abfand, die Pirouette niemals zu schaffen, und begriff, daß Automobile testen und ein Duo zu tanzen zweierlei war.

Sie übten Schritte, probten Chansons; bei Pucci daheim unter den mißbilligenden Blicken der Mutter, die solch einen zerlumpten Kerl ablehnte – und Masin verzichtete aufs Abendbrot, um sich anständig zu kleiden, wie ein Künstler.

Stillschweigend hatte man sich geeinigt, daß Pucci das Duo niemals mit ihm tanzen würde. Man sprach jedoch weiterhin von einer Heirat, es blieb die Beziehung für Pucci der Spaß, Masin zu berühren, ihn tanzen zu machen, so daß beide zusammen über seine Unbeholfenheit lachten.

Sie hatten die Gewohnheit, nach dem Theater miteinander Kaffee trinken zu gehen. Nicht immer – dann und wann hatte Pucci Verabredungen. Masin begann das zu wurmen. *Ihre* Intimität ging nicht über Lachkrämpfe oder kleine Schweinereien hinaus, na, gut; aber immerhin hatte Masin sie sich zur Partnerin ausgesucht. Na schön, mit dem Duo

war es vorbei, aber er hatte sich doch was dabei gedacht, als er sich für sie entschied; wie sie ihn jetzt behandelte, das brachte ihn zum Kochen.
Pucci, ganz Unschuld, rauchte und lachte. Sie lachte und lachte, bis zu dem Tag, da ihr das Lachen verging. Ausgerechnet an dem Tag war Masin als Zuschauer ins Theater gekommen, nur um der Partnerin mitzuteilen, daß er für sie ein Engagement hatte, eine Gesangsnummer. Und an dem Abend erfuhr er, daß Puccis Alte im Krankenhaus lag, und zwar ernsthaft. Er schluckte Stolz und Engagement und tröstete sich damit, Pucci tanzen zu sehen – er verstand inzwischen ein bißchen was von den Schritten, schätzte ihre besondere Art zu tanzen und erkannte sie inmitten all der anderen.
An den folgenden Tagen gab sich Masin Mühe, Pucci zu trösten; im gewohnten Café. Sie sprachen wieder von ernsten Dingen, über die Schwierigkeiten des Lebens und über Mißgeschicke. Doch wenn Masin sich fröhlich gab, um sie aufzumuntern, nahm Pucci ihm das übel – er sei ein Egoist, wie alle. Wenn er schweigend da saß oder selbst einen traurigen Ton anschlug, ging sie hoch – »ich hab' schon 'n ganzen Tag im Krankenhaus gehockt.«
Für Verabredungen fand Pucci zu alldem weiterhin Zeit. Als sie eines Abends in einem Auto davonfuhr, ohne auf ihn zu warten, kam Masin wütend nach Hause, schlug die Tür krachend ins Schloß, schimpfte so laut, daß seine Eltern aufwachten, verfluchte das Krankenhaus und ging schließlich wieder fort. Am nächsten Tag hielt er es nicht mehr aus und ging in der Mittagszeit zum Haus der Freundin.
Er stieg die Treppen hinauf – Via Santa Chiara, fünfter Stock, drei Meter breiter Hof –, aber auf halber Höhe fiel ihm ein, daß Pucci zu dieser Zeit ins Krankenhaus ging.

Er machte kehrt, war wieder auf der Straße, da fiel ihm ein, daß er die Nummer des Krankensaales nicht wußte, fluchte, rannte wieder die Treppen hoch, erkundigte sich und stieg langsam, vor sich hinbrütend, wieder hinunter.
Es mißfiel ihm, wieder ins Krankenhaus zu gehen – er dachte an den Besuch bei seiner Mama, ihm kam der erste makabre Eindruck vom Krankensaal hoch, und das alles nahm in seiner Vorstellung solch übertriebene Formen an, daß er nach der Ankunft die Reihen der Betten passierte, als wäre er hier zu Hause.
Er kam zum Bett von Puccis Mutter: tief in die Kissen gedrückt, eine fettleibige Frau, die Haare in völliger Unordnung – ganz anders als früher, als sie ihm öffnen kam in der Via Santa Chiara, unhöflich, mit der Miene einer Pförtnerin, die einen armen Hausbewohner empfängt. Da hatte Frau Tecia eine sorgfältig aufgesteckte, großartige Frisur gehabt, mit Haarnadeln und Spangen.
Pucci war nicht da. Masin ballte die Fäuste und stellte sich ans Bett. »Wie geht's, Frau Tecia?« Die machte ganz erschrocken die Augen auf, erkannte Masin und antwortete weinerlich: »Ach, na ja.«
»Maria hat mir gesagt, daß es besser geht«, sagte Masin, um aufs Thema zu kommen und seiner alten Gegnerin gleich den Wind aus den Segeln zu nehmen.
»Ach, Maria, die meint immer, daß es besser geht. Die Doktors sind da anders, jeden Tag geben sie mir 'ne Spritze. Lebendig komm' ich hier nie wieder raus.«
Masin lehnte sich gegen das Bett. Auf dem Nachttisch stand ein Gefäß mit Urin. Durch die großen Fenster sickerte ein bißchen bleiche Sonne, ein blauer Dezembertag, sehr kalt. Masin schaute hinaus und dachte an Pucci, die er jetzt Maria nannte.
»Kopf nicht hängen lassen, Frau Tecia, 'n Doktor ist eben

komisch.« Er hielt inne. Die Frau bewegte sich ein wenig und wimmerte. »Maria kümmert sich doch um Sie, oder etwa nicht?« fragte er barsch.
Frau Tecia erwiderte verdutzt: »Maria war hier. Sie ist runtergegangen und holt Orangen für die trockene Kehle. Das Fieber . . .« Sie fuhr fort, ihre Leiden zu schildern. Masin sah sich um, und die große Wut der vergangenen Nacht begann sich zu legen. Irgend jemand ging durch den Krankensaal, weiter hinten zwischen den Betten hörte man gedämpfte Worte. Von irgendwoher drang das Keuchen erstickenden Atems herüber.
Frau Tecia redete von Pucci: »Sie ist ein braves Mädchen, die Maria; alles, was sie verdient, bringt sie nach Hause, bis auf Geld für Zigaretten. Sie verstehen sich doch mit ihr, versuchen Sie mal, ihr zu sagen, sie soll nicht mehr soviel rauchen. Ich sag' nichts mehr.«
Masin fragte sie über Maria aus. Irgendwie wollte er seine ganze innere Wut loswerden. Ab und zu verschwände sie in einem Auto, sagte er.
Die Augen der Kranken wurden hart, dann füllten sie sich mit Tränen. »Das ist eben ihre Arbeit. Wenn Maria nur 'nen klaren Kopf behalten hätte. Diese Sache mit . . .« und sie hielt inne.
»Was ist gewesen?« warf Masin ein.
Stück um Stück kam die Geschichte heraus. Ein paar Jahre zuvor war Maria ein Verhältnis eingegangen mit einem Schuft, »so ein nichtsnutziger Advokat«, Geld, Autos, Nachtlokale, Villen; Maria hatte ein Engagement bei einer guten Truppe aufgegeben und sich auch noch verliebt. Ausflüge nach Mailand, an die Riviera, Wohnungen. Und dann hatte der Advokat sich als ein Betrüger entpuppt, beinahe wäre auch sie im Zuchthaus gelandet. – »Ein absoluter Schuft. Worte, nichts als Worte, bloß Augenwischerei . . .«

Masin beruhigte sich. Seltsam, er war gar nicht böse auf Pucci, spürte nur große Lust, den ehemaligen Rivalen zu erwürgen.

»... 'n aufgeplusteter Truthahn. Maria hat mir gesagt: ›Mama, ich hab' das nur gemacht, weil ich geglaubt hab', der ist reich, so reich ... Was soll ich denn machen? Die Männer sind solche Hurensöhne ...‹ Sie dürfen ihr aber nicht sagen, daß ich Ihnen das erzählt hab' ...«

Masin gab ihr schweigend recht. Er konnte Maria jetzt nicht mehr lassen, er mußte sie aus diesem Pech herausreißen. »Wenigstens ist sie gesund«, dachte er bei sich.

In diesem Augenblick hörte er Rufe: »Doktor, Doktor!« Eine keuchende, kraftlose Stimme. Er drehte sich um, sah aber niemand. Ein wenig später: »Doktor, etwas Wasser, Doktor!«

Er sah sich nochmals um. Die Stimme kam von irgendeinem Bett. Aber es war sonst niemand im Krankensaal. Er war verlegen.

Frau Tecia erklärte: »Da ist eine Frau da gegenüber, die hat niemand, sie bittet um was zu trinken ...«

»Doktor, Doktor!«

Masin stand auf. Er sah die Tecia und diese Frau an.

»Geben Sie mir'n Glas Wasser.«

Die Kranke, die gerufen hatte, blickte Masin an. Sie hob nicht einmal den Kopf. Sie war entsetzlich abgemagert und zeigte mit einer schwachen Handbewegung auf ein Waschbecken gegenüber –.

»Trinken, Doktor.« Masin beeilte sich, er nahm mit Widerwillen ein Glas vom blechernen Nachttischchen und ging es waschen und füllen. Die Kranke keuchte.

Masin reichte ihr das Glas hin. Sie konnte es nicht halten. Er trat näher heran und netzte ihr die Lippen, er sah, daß sie beinahe weiß waren und die Augenhöhlen bläulich.

»Geht's so?« sagte er dann, um irgend etwas zu sagen, wobei er ein Lächeln versuchte.
»Ah . . .«, hauchte die Kranke und sah ihn nicht an.
»Kalt . . . Eis, Doktor.« Masin wurde ungeduldig. Es kam niemand.
Dann versuchte er: »Nein, nein, bleiben Sie ruhig, gleich kommt die Schwester.« Die Kranke ließ die erhobene Hand wieder sinken und flehte: »Trinken –«. Masin netzte ihr abermals die Lippen, während er irgend etwas murmelte. Und die Kranke schloß die Augen.
»Sie hat's mit dem Herzen«, erklärte Frau Tecia von ihrem Bett aus mit lauter Stimme. »Jeden Tag das gleiche. Aber niemand ist da, der sich um sie kümmert.«
Masin ging zur Tecia zurück. Sie war jetzt ungeduldig, unruhig, sie wollte Maria.
Als Frau Tecia wieder auf den Beinen war, ging Masin mit Pucci hin, sie vom Krankenhaus abzuholen. Masin tat den Freundschaftsdienst aus Berechnung. Doch ein zweites Mal dort hineinzugehen, stank ihm. Er wartete in der Portiersloge, Pucci ging allein hinauf. Masin rauchte; dann betrachtete er sich im Spiegel: Er war elegant gekleidet, auf Eroberung aus. Masin hatte sich sehr verändert. Er hatte sich umgetan und als Vertreter für Vergasermotoren Arbeit gefunden. Eine prima Stellung.
Als Frau Tecia an Puccis Arm herunterkam, wußte Masin nicht, was er sagen sollte. Um so besser, daß die beiden Frauen davon redeten, was für einen Schaden die privaten Kleidungsstücke im Krankenhaus gelitten hätten. Pucci schimpfte mit schriller Stimme. Madama verwünschte die Schwestern.
Nach einer Weile sagte Masin:
»Es freut einen, hier rauszukommen.«
Und Pucci:

»Oh, was dich angeht! Du bist ja nicht einmal mit reingekommen!«

Doch die Mutter verteidigte ihn: »Aber er ist so reizend gewesen. Wenn du gesehen hättest, wie rührend er den Kranken geholfen hat!«

Frau Tecia machte versteckte Anspielungen. Masin fragte barsch: »Und die Alte damals, der ich zu trinken gegeben hab', was ist aus der geworden?«

»Welche?«

»Die mich ›Doktor‹ genannt hat . . .«

»Ah, die ist in der Nacht gestorben. Nicht einmal eine Schwester hat nach ihr gesehen. Sie sind der letzte gewesen, mit dem sie gesprochen hat.«

Masin hatte nichts anderes erwartet, trotzdem traf es ihn und er drückte Puccis Arm; sie war hübsch angezogen, mit dem kastanienbraunen Mäntelchen. Als er zu Boden blickte, sah er die schönen geraden Beine über den Schühchen aus Schlangenleder; und er war zufrieden und zugleich schüchtern.

Der traurige Wein

Wahr ist's immerhin, jedesmal, wenn in der Ecke
einer Kneipe ich sitze, den Grappino zu schlürfen,
ist dort der Päderast oder die Kinder, die schrein,
oder der Arbeitslose, oder ein hübsches Mädchen geht
draußen vorbei,
alle um mir den Faden des Rauchs zu zerreißen.
»Und so, junger Mann, im Ernst, ich arbeite in Lucento.«
Doch die Stimme, die angstvolle Stimme des Alten,
vierzigjährig – ich weiß nicht –, der mir die Hand gedrückt
zur Nachtzeit, in der Kälte, und mich dann bis nach Hause
begleitet, diesen Ton eines alten Kornetts
vergesse ich nie, auch nicht wenn ich sterbe.
Vom Wein sagte er nichts, er sprach mit mir,
denn ich hatte studiert und rauchte die Pfeife.
»Und wer Pfeife raucht«, rief er zitternd,
»kann nicht falsch sein!« Ich nickte.
»Bei der Heimkehr hab ich Mädchen gefunden,
offner, gesünder, mit entblößten Beinen – seit Monaten
nüchtern –
und ich hab' geheiratet, nur weil ich trunken war
von ihrer Frische – eine Greisenliebe.
Die Stämmigste und die Frechste hab' ich genommen,
um von neuem das Leben zu kennen, um nicht mehr zu
sterben
Hinter einem Tisch, in einem Büro, vor Fremden.
Doch auch Nella war für mich fremd, und ein Flugschüler
sah sie einmal und hatte die Hand im Spiel.
Jetzt ist er tot, dieser Feigling – dieser arme Junge –
abgestürzt vom Himmel – nein, ich bin der Feigling.

Meine Nella sorgt für ein Kind – ich weiß nicht, ob es mein Sohn ist,
und ist ganz fürs Haus da, und ich bin ein Fremder,
der sie nicht glücklich macht, und ich wag' nichts zu sagen,
und auch Nella spricht nicht, sie schaut mich nur an.«
Und das Schönste, er weinte, der Mann, als er's erzählte,
wie ein Betrunkener weint, mit dem ganzen Leib,
und er fiel mir um den Hals und sagte: »Unter uns
immer Respekt«, und ich, zitternd vor Kälte,
versuchte fortzugehn, ihm die Hand zu geben.
Es ist ein Vergnügen, Grappino zu schlürfen, doch ein andres Vergnügen,
den Ausbrüchen eines unfähigen Alten zu lauschen,
der heimgekehrt ist von der Front, um Verzeihung euch bittet.
»Welche Freuden hab' ich denn im Leben?
Ich sag's euch im Ernst, ich arbeite in Lucento.
Welche Freuden hab' ich denn im Leben?«

Die Bänkelsänger

Masin und Pucci heirateten gegen Ende des Winters. Masins Vater hatte infolge starken Trinkens beim Hochzeitsessen einen Anfall von Delirium.
Masin war froh, mit Pucci in zwei möblierte Zimmer zu entkommen, in der Nähe des Bahnhofs – das machte seine Arbeit leichter.
Frau Tecia ermahnte Pucci: »Laß ihn nie trinken, das liegt bei ihm in der Familie.« Und Masins Mutter warnte: »In meiner Familie hat es Revuetänzerinnen nie gegeben.«
In den ersten Tagen gab es die übliche Verknechtung des Bräutigams. Masin war ganz bezaubert von Pucci. Man verstand sich; er hatte einmal studieren wollen, und sie war in allen Bewegungen reinste Eleganz.
Masin ging ganz in der Gegenwart auf. Pläne hatte er keine mehr. Emporzukommen in der Welt hatte er, ohne sich dessen bewußt zu werden, schon seit einiger Zeit aufgegeben, genauer: seit dem Morgen des Unfalls, als er seinen Führerschein verlor. An Kinder, an Familie dachte er nicht. Er aß, er schlief mit Pucci, redete ein wenig und wenn er die Treppe zur Wohnung hochstieg, pfiff er vergnügt vor sich hin.
Sein Beruf: Vertreter. Morgen für Morgen nahm er in aller Herrgottsfrühe einen Zug, stieg irgendwo in Piemont aus, lief herum, Kunden zu werben und kehrte nach Möglichkeit am Abend heim. Mußte er einmal auswärts übernachten, so fuhr er um jeden Preis am folgenden Morgen zurück. Muster hatte er nicht bei sich. Er zeigte Broschüren,

Zeichnungen, Fotografien. Einen richtigen Motor kriegte er nie zu sehen. Er pries dem Kunden die Maschine an, erklärte, ereiferte sich selten; wenn's gut ging, schrieb er eine Bestellung auf. Er ertrug diesen Beruf. Mehr nicht.

Die Befriedigung, Pucci zu besitzen, trug er immer mit sich herum. In der Eisenbahn, im Hotel, überall, bei der Langeweile der Arbeit strömte eine köstliche Trägheit durch seine Glieder, er schloß halb die Augen und dachte an seine Frau. Und wenn der Zug sich rüttelnd auf den Bahnhof von Turin zu bewegte, geriet ihm das Blut in Wallung.

Noch viel schöner müßte es sein, sagte er sich manchmal, wenn ich wie früher noch Testfahrer wäre. Zuhause, im Warmen, Pucci zu haben, die auf ihn wartete, während er nach Lust und Laune auf den Straßen umherfahren könnte, einen Augenblick anhielt, um zu tanken, und wieder davonsauste, um auf der Heimfahrt wie ein Blitz zu beschleunigen. Aber statt dessen war er nun Handelsreisender, ein ganz kleiner Mensch, und basta – sein ganzes Leben lang bliebe er nun Vertreter und würde nie genügend Geld haben, sich ein Auto auch nur zu mieten.

Pucci blieb sich immer gleich. Manchmal übellaunig, manchmal heiter, vor allem aber faul. Masin fand sie bei der Rückkehr schließlich nie anders als auf dem Sofa ausgestreckt oder im Bett liegend oder singend in der Badewanne. Sie hatten nämlich auch ein Badezimmer.

Einmal ließ sie ihn mit brennender Zigarette in die Wohnung. Im ersten Augenblick sagte Masin nichts, doch bei Tisch ließ er beiläufig die Bemerkung fallen, Frauen, die rauchen, möchte er nicht. Dazu Pucci, trocken: »Hättest eben eine nach deinem Geschmack nehmen sollen.«

Masin, der an diesem Abend nachdenklich gestimmt war, ging nicht weiter darauf ein. Rauchen ist schließlich auch ein Zeitvertreib, sagte er sich im stillen, und Pucci, den ganzen Tag so allein, mußte sich sicherlich langweilen. »Was tust du den ganzen Tag so allein?« fragte er freundlich. »Ich warte auf meinen Mann«, gab ihm das Mädchen lachend zur Antwort.

Masin dachte in den wenigen unvermeidlichen Stunden der Untätigkeit während der Zugfahrt über sich selber nach, und ihm sank der Mut. War das ein Leben für Pucci? Aber was soll's, eine Frau hat im Hause doch immer etwas zu tun.

Pucci allerdings nicht. Pucci war noch nie mit einer Nadel in der Hand gesehen worden; es schien ihr auch durchaus genug, das schmutzige Geschirr unter den Wasserhahn zu stellen; und in einer solchen Zweizimmerwohnung konnte einen die Arbeit, selbst wenn man sie suchte, ohnehin nicht umbringen.

Pucci faulenzte. Morgens, nachmittags und bis zum Abend trug sie sich vom Bett zum Sofa, vom Sofa zum Bett; die Augenblicke, in denen sie in der Wohnung herumlief, konnte man wirklich zählen; und sie sah abgespannt aus, verschlafen, die Haare zerzaust und der Morgenrock unordentlich. Nur dann und wann hörte man sie trällern.

Wochenlang sah Masin sie nur im Bett. Er stand für die Reise morgens früh auf, verließ sie, wenn sie noch schlief; wenn er abends heimkam, fand er sie schon im Bett, die Reste des Abendessens standen auf dem Tisch; so daß auch er keine Zeit verlor und sich zur Umarmung über sie beugte.

Masin gab sich allerdings kaum Illusionen hin. Er hatte geheiratet, um einmal zu sehen, wie das ausgehen würde; ein Bedürfnis danach hatte er nie verspürt. Es stimmte auch, daß er keine Kinder wollte. Und das gefiel Pucci überhaupt nicht.

Sie gab keine Ruh' und schickte eines Tages ihre Mutter vor, ein Wörtchen mit ihm zu reden. Frau Tecia ließ sich nunmehr öfter blicken und sprach von der eigenen Fruchtbarkeit in jungen Jahren. Eines Abends machten die beiden ihn betrunken, damit er gefügig würde, aber der junge Mann behielt die Nerven und gab nicht nach.
Indessen passierte ihm etwas anderes. Seine Mutter war von neuem im Krankenhaus und ließ durch Papa wissen, daß sie es gern hätte, wenn die Schwiegertochter sich um sie kümmerte. Ein- oder zweimal wollte der Papa ihn sprechen, aber er traf nur Pucci an. Pucci amüsierte sich und gab ihm zu trinken, und bei Masins Heimkehr war der Alte unanständig. Als sie allein waren, äußerte Pucci ihren Widerwillen gegen den alten Mann, worauf Masin wütend wurde und schimpfte. Dann aber überlegte er: Wenn seine Mutter Maria bei sich haben wollte, dann mußte es ihr wirklich schlecht gehen. Sie war eine energische Frau, die Mutter Masins, und wenn sie ihre Haßgefühle vergaß, konnte es mit ihr nur bergab gehen.
Er ging sie besuchen und sah, daß sie tatsächlich sehr runter war. Er gab einiges aus, damit es ihr besser ginge. Pucci sagte nichts. Doch es fehlte allmählich an Geld. Masins Vater war jetzt dauernd bei ihnen. Und Masin ärgerte sich, daß er selbst den ganzen Tag fort war. Wenn er abends heimkehrte, fand er eine unangenehme Atmosphäre. Pucci irgendwo mit mauligem Gesicht, und der Alte hockte da und jammerte vor sich hin: Das Leben . . .
Masin wollte Pucci sagen: »Papa leistet dir 'n bißchen Gesellschaft« – aber er fürchtete eine bissige Antwort.
Dann starb seine Mutter. Schlimmer als der Schmerz war für Masin das lästige Drumrum. Trotzdem, zwei Tage lang blies er Trübsal, bereit, jeden zu erwürgen, der ihm in die Quere kam. Doch keiner sagte einen Ton. Zusam-

men mit seinem Vater, mit Frau Tecia und den wenigen anderen ging er zur Beerdigung; Pucci blieb zu Hause, um das Abendessen zu richten. Das Abendessen wurde eine kalte Mahlzeit mit einer versalzenen Minestra. Aber nur der Alte verlor darüber eine Bemerkung.

Nun drängte sich die Frage auf, die Masin am meisten Sorge machte. Es ging nicht anders, der Vater mußte bei ihnen bleiben. Er sprach am folgenden Tag mit Pucci darüber. Er war auf Widerspruch gefaßt. Nichts. Pucci sagte nur: »Oh, von mir aus!« Aber Masins Unbehagen wurde dadurch nur schlimmer. Zum Glück bin ich ja fast den ganzen Tag fort, dachte er. Und so würde Pucci immerhin nicht mehr allein sein.

Der Alte schlief in einer kleinen Kammer neben der Eingangstür zum Wohnraum. Für Masin und Pucci waren die Zeiten der Liebe vorbei. Am Abend aßen die drei halb verlegen, halb nervös, schweigend das Abendbrot. Die Eheleute hatten früher zwar auch ohne zu reden gegessen, aber keiner hatte damals seine Gedanken verborgen. Wenn sie jetzt miteinander sprachen, so ging's um geschäftliche Dinge, und es kam vor, daß Pucci und der Vater sich verbündeten, um über Masins Arbeit zu schimpfen. Und sogar der Alte fing an, nach einem Kind zu fragen. Pucci lachte.

Wer nicht lachte, war Masin; er hing einem Gedanken nach, der ihm eines Tages, als er Pucci im Bad singen hörte, plötzlich durch den Kopf geschossen war.

War es möglich, daß Pucci alles vergessen hatte, ihre ganze frühere Welt, Pucci, die – ihre Mutter hatte recht – im tiefsten Grunde ihres Herzens Tänzerin war? Sie hatte bestimmt gelegentlich irgendwelche Freunde mit schönen Autos gehabt; war es überhaupt vorstellbar, daß sie jetzt entschlossen war, bei Masin zu bleiben und so ein Dasein zu führen?

Es war ein Berg von Problemen, und Masin, im schwarzen Anzug wegen des kürzlichen Todesfalls, verbrachte die Zeit in der Eisenbahn mit Nachdenken. Sein neues Mißtrauen schien ihm bestätigt durch Puccis träge Gleichgültigkeit und die Gerüche der Wohnung; stärker als nach Puder roch es in letzter Zeit nach Frau und Fleisch. Ein Glück – er begann aufzuatmen –, daß nun der Alte im Hause war; da traf es sich gut, daß Vater und Schwiegertochter sich gegenseitig auf dem Kieker hatten, so überwachte der Alte Maria.

Nach einiger Zeit begann Masin, bei seiner Heimkehr abends den Vater auszufragen, was seine Ehefrau den Tag über getan hatte. Nichts. Nichts. Sogar viel zu viel Nichts, denn nach Meinung des Alten sollten die Frauen mehr arbeiten.

Masin war beruhigt. Aber eines Tages überraschte Pucci ihn, als er den Vater nach Neuigkeiten fragte. »Ich hab' getan, was mir Spaß macht«, schrie sie ihn an wie eine Tigerin, »und ich werd's weiter so machen, wenn du so blöd kommst . . . alles hab' ich erwartet, bloß das nicht . . . Du bist genau wie dein Vater . . .«

Pucci sagte ihm gehörig die Meinung. Masin merkte, daß die Sache ernster war, als er angenommen hatte. Es ging nicht nur um seine letzte Gemeinheit; Pucci brachte alles auf den Tisch. Sie mußte die Nase gestrichen voll haben, noch mehr als er. »Wir haben uns satt, alle beide«, meinte sie nachdenklich und ging mit gesenktem Kopf davon.

Doch sein Argwohn ließ kein bißchen nach. Pucci fing an, sogar im Bett eine Schmollmiene aufzusetzen. Masin ertrug es eine Zeitlang, bis er sie eines Nachts mit Gewalt nahm. Pucci schimpfte, er sei ein Rohling; danach rührten sie sich nicht mehr an.

Masin mußte sich auch noch schuldig fühlen. Und dazu begann sein Vater, Pucci in Schutz zu nehmen. Wenn Masin abends heimkam, war der Alte schon im Bett. Dann, einmal, fiel ihm bei Tisch das Glas aus der Hand. Seine Hände zitterten.

Masin fragte, ob er trinke. »Nein, nein«, sagte Pucci.

Aber er trank. Und eines Tages kam es heraus.

Masin kehrte von einer erfolglosen Reise zurück. Ein Kunde hatte ärgerlich die Tür vor ihm zugeschlagen, so daß er vorzeitig von Bastia weggefahren war, mit dem Fünfuhr-Zug.

In Turin war es noch hell. Masin verließ den Bahnhof und patschte im schmelzenden Schnee. Er war schon fast zu Hause angelangt, als er plötzlich keine Lust verspürte, gleich hinaufzugehen. Er schaute sich um und beschloß, im Café etwas zu trinken.

Beim Betreten des Lokals – seine Gedanken waren ganz woanders – fiel er aus allen Wolken. Dort an einem Tischchen saß sein Vater. Vor ihm eine Halbliterflasche. Masin lief auf ihn zu und schüttelte ihn.

»Du hast doch gesagt, du trinkst nicht!«

Der Alte blickte erschrocken auf.

»Wer hat dir das Geld gegeben?«

Die verschwommenen Augen richteten sich auf Masin. Dann rief er lebhaft: »Na und? Maria hat's mir gegeben, daß ich mal was trinken geh'. Schadet doch nichts, mal was zu trinken.« Und er wollte das Glas heben. Masin riß es ihm aus der Hand. »Hat sie dir schon früher mal was gegeben?« fragte er; wie ein Blitz traf ihn ein Gedanke. Der Alte brummelte: »Die hat mehr Herz als du, die Maria . . .«

»Wo ist Maria jetzt?« schnitt Masin ihm atemlos das Wort ab. Aber er wartete die Antwort nicht erst ab. Er ließ den Alten sitzen, eilte über die Straße, raste die Treppen hinauf und klopfte an die Tür.

Nach einer Weile hörte er Stimmen, die sich verabschiedeten – ein Mann, Pucci –, die Tür öffnete sich. Pucci erschien. »Da ist mein Mann«, sagte sie fröhlich. »Komm, Donato.« Und Donato, ein gut gekleidetes Individuum mit sauberem Gesicht, wollte lachend hinausgehen. Masin versperrte ihm den Durchgang. Der andere blieb stehen. Pucci sagte:

»Mein Mann ... Herr Donato ... Künstler ... ein alter Kollege von der Bühne, der sich noch an mich erinnert.«

Donato streckte höflich die Hand hin. Masin war baff.

Er mußte dem Mann die Hand geben. Der andere nahm die Melone ab und trat gewandt auf ihn zu: »Sehr erfreut ... ich werde wieder einmal vorbeischauen.« Dann eilte er die Treppen hinunter.

Masin sah Pucci an. Pucci sah Masin an. Pucci trug ein hübsches Ausgeh-Kleid und hatte sich die Lippen geschminkt. Ihm hatte sie die Tür selten so elegant aufgemacht.

Grob stieß Masin sie hinein. Er schloß die Tür. Im Zimmer hing der Duft nach einer feinen Zigarette. Alles war fein säuberlich aufgeräumt.

Er blickte Pucci erneut an. Und Pucci begann mit erstaunter Miene zu lachen, aber die Anstrengung war spürbar.

»Na und, was hast du denn bloß?« fragte sie dann spöttisch.

Masin verlor fast den Verstand vor Wut. Er sprang auf sie zu, packte sie an einer Schulter und haute ihr drei wütende Ohrfeigen. Dann stieß er sie von sich, daß sie zu Boden fiel. Er brauste auf, wie von Schwindel erfaßt: »Und jetzt geh zu deiner Mutter, wenn du willst.«

Pucci kauerte sich auf dem Fußboden mit gerötetem Gesicht und zuckte die Achseln.

Von dem Tag an waren die Rollen vertauscht. Jetzt war

es Masin, der seine Frau mied, und wenn vorher im Hause selten gesprochen wurde, so herrschte jetzt Totenstille.
Masin ging und kam und legte die größte Gleichgültigkeit an den Tag. Trocken und unpersönlich gab er ihr oder seinem Vater Anordnungen, und er wurde bedient. Mehr brauchte er nicht. Er hatte schließlich seinen Frieden.
Der Vater schimpfte, wenn er allein war. Nach dem Wutausbruch jenes Tages kümmerte Masin sich nicht mehr um ihn – sollte er doch machen, was er wollte –, und der Alte fand, daß sei nicht die richtige Art, einen Haushalt zu führen.
In der Eisenbahn kam das Ereignis Masin allzuoft in den Sinn, und seltsamerweise mußte er dabei mehr an die Figur seines Vaters als an Puccis Gecken denken. Wie einen Sack hatte man den Alten in der Wirschaft abgeladen, damit er sich von »jenem« Geld betrinke. Er dachte so viel darüber nach, daß er zu guter Letzt so etwas wie eine fixe Idee hatte; es gelang ihm nicht mehr, sich den Gedanken aus dem Kopf zu schlagen: Genauso mußte es gewesen sein – damals – in der Wirtschaft von Pino – vor so langer Zeit –, der Bauer, den er getötet hatte auf der Teststrecke. »Warum müssen mir bloß immer diese Alten im Weg sein?«
Geld gab er zu Hause keines mehr ab, außer dem Notwendigen. Pucci protestierte nicht.
Drei Tage nach den Ohrfeigen hatte Pucci alles erklären wollen. Aber Masin hatte die Tür zugeschlagen und war davongelaufen.
Pucci erneuerte dann und wann den Versöhnungsversuch, doch Masin, der seinen Vorteil erkannt hatte, ließ sich nicht berücken, wenn er es auch manchmal gern getan hätte.
Masin rührte Pucci nicht an. Es war die Rache für die zwei Wochen, als Pucci ihn verschmäht hatte. Und bisweilen fragte er sich wütend: »Aber warum geht sie denn nicht zu ihrer Familie zurück?«

Pucci hängte sich an ihn wie eine Klette. Masin verstand sie nicht mehr. Vorher ihre erbärmliche Lust, ihn zu ärgern, und jetzt, da sie frei war, ging sie nicht.
Masin nahm sich heraus, was er wollte. In Cuneo, während einer Reise, gab er vierzig Lire aus, um sie zu betrügen; er betrog sie, doch bei der Rückkehr empfand er darüber keine Befriedigung, es war alles wie vorher.
Zu Hause ließ er durchblicken, er habe beschlossen, seine Stelle aufzugeben. »Ich hab's satt herumzureisen, kommt ja doch nichts bei heraus.«
Pucci betrachtete ihn mit nachdenklicher Miene: »Wenn wir ein Kind hätten, Masin, wär alles anders.« Masin gab keine Antwort. Er setzte seinen Gedanken fort: »Ich geb' die Motoren auf, dann werd' ich sehen.«
Pucci starrte ihn lächelnd an. Der Vater sagte argwöhnisch: »Du gibst 'ne sichere Stellung auf für nichts und wieder nichts. Was willst du denn sonst machen?«
Masin zuckte die Achseln. Einen abenteuerlichen Beruf haben, dachte er. Sein Leben ein bißchen so leben, wie er wollte. Er hoffte immer, eines Tages wieder mit den echten, den lebendigen Motoren zu tun kriegen und sich wieder an ein Steuerrad zu setzen. Aber an all dem hinderte ihn Pucci.
»Warum gehen wir hier nicht weg?« fragte das Mädchen in diesem Augenblick. »Warum machst du nicht den Führerschein an einem anderen Ort?«
Masin sah sich gezwungen, die Idee, wenn auch brummend, anzuerkennen. Er stand an diesem Abend vom Tisch auf und wollte ausgehen, wie gewöhnlich. Pucci hielt ihn fest, um ihn wegen des Abendessens für morgen zu fragen. Der Vater war schon im Bett. Pucci ging ins Schlafzimmer und Masin stand an der Tür. Pucci fing an sich auszukleiden. Und sie sprach zu ihm in dem ungezwunge-

nen vertraulichen Ton, wie er in der ersten Zeit zwischen ihnen üblich war.
Pucci hob vor dem Spiegel die Arme, um ihr Haar zu schütteln. Auf einmal sagte sie zu Masin: »Oh, ich Ärmste, da ist ja ein weißes!« und hielt einen langen, kastanienbraunen Faden in die Höhe.
Masin kam näher. Er lachte darüber: »Aber wenn es doch schwarz ist!« Pucci lehnte sich mit den Schultern leicht an seine Brust.
Masin nahm all seine Kraft zusammen. Er begriff, daß er zu den Zeiten von einst zurückkehrte. Er verlor alles, jeden Vorteil. Er wurde wieder der betrogene Ehemann. Doch seine Arme hoben sich wie von selbst, und er drückte seine Frau an sich.

Hoffmann

In diesem Herbst gab die Zeitung an einem Abend ein Bankett, an dem neben Masino auch Hoffman teilnahm, der als Redakteur in der Abteilung Gerichtschronik tätig war. Masino war lustlos hingegangen, und Hoffman bemerkte spöttisch: »Du wirst sehen, was für eine intellektuelle Orgie das gibt.«

Sie waren gute Freunde, die beiden, aber Masino zumindest wußte es nicht. Masino sah Hoffman vor seinen Augen stetig an menschlichem Reichtum zunehmen; da er inzwischen auch kein Knabe mehr war, ließ er sich durch die Vorurteilslosigkeit Hoffmans nicht aus dem Gleichgewicht bringen – früher hatte sie Masino sehr zu schaffen gemacht.

Hoffman zu begegnen und genug zu sein, um Hoffmans Interesse zu wecken, andererseits aus Mangel an Erfahrung aber noch keine eigenständige Persönlichkeit zu sein, das war wie am letzten Karnevalstag unter Schwimmern ins Wasser zu fallen, ohne schwimmen zu können. Gelächter, Stöße, Strudel, Wirbelsprünge, Ohrfeigen, Fußtritte – all das erlitt Masino geistig in der Berührung mit Hoffmans Intelligenz.

Über tausend Dinge hatten die beiden diskutiert, und Masino hatte ein bißchen gesehen, wie Hoffmans Ideen sich nach und nach formten, sich verdichteten wie Sternennebel; denn obwohl sie oft an scheinbar unwichtigen Dinden hingen, rollte in Hoffmans Geist doch das Universum ab, nach der Art eines Films.

Diese Ideen machten Masino Angst. Einige schienen so

endgültig zu sein – Lösungen von Lebensfragen –, daß Masino spürte, wie sich seine Persönlichkeit widersetzte, sich gegen eine so mitreißende Strömung stemmte. Seine Persönlichkeit – das war Masinos Klage – hatte sich trotz der Spötteleien und der beißenden Ironie, mit denen Hoffman ihn überschüttete, nicht in Nichts auflösen wollen. Im übrigen war Masino, und das keineswegs erst gestern, ein überzeugter Piemontese geworden, der seine eigenen Kräfte in seinem Volke wiederzuerkennen suchte, und überhaupt, jedenfalls kam er sich Hoffman ebenbürtig vor. Was ihn jedoch nicht daran hinderte, und er litt, allerdings lächelnd, noch immer darunter, daß er, der so übermächtig war, seiner ganzen Umgebung seine Laune aufzwang – und wenn er traurig war, allen seine Schwermut aufdrückte –, Streit anfing.

Während des Banketts meinte Masino: »Immerhin können wir uns heute abend über die Blödheiten des Redners amüsieren.« Und Hoffman: »Manchmal ist es blöder, ihnen zuzuhören, als sie auszusprechen.« Dann mit einer verstellten, geheimnisvollen Stimme: »Heut' nacht hab' ich Lust, Orgien zu feiern«, und er schürzte genießerisch die Lippen.

Das Bankett war ein Musterstück gekünstelter Lebendigkeit. Bei einer Gelegenheit wollte Hoffman unbedingt gehen und Masino hielt ihn nur mit Mühe an der Jacke zurück; Hoffman sagte: »Dann unterhalte du mich doch.«

Ringsum saßen die Kollegen, Redakteure, Berichterstatter, fast alles Bekannte. Sie führten ernste Gespräche. Hoffman mischte sich ein.

Irgendwer sagte: »Fehlt bloß noch, daß das gesamte Personal einer Zeitung zusammenleben muß wie in einer Kaserne, zusammen essen und schlafen muß, damit am Ende alle dasselbe denken. Das moderne Leben nimmt einem

allmählich jegliche Freiheit.« Das war also die Clique der vernünftigen Leute. Und mit der Miene wie jemand, der einen scherzhaften Einwand macht, der durchaus ernst gemeint ist, warf ein Witzbold ein: »Dann säßen Sie nicht hier, um dieses ausgezeichnete Abendessen zu genießen, Herr Caldi!« Alle lachten und gaben sich vergnügt.
An dem Punkt machte sich Hoffman bemerkbar: »Aber in einem Restaurant, das Sie sich ihren Vorstellungen entsprechend unter Tausenden auswählten, ist die Unterhaltung mit den anderen Gästen auch immer von den gleichen üblichen Konventionen und Tabus bestimmt. Wenn Sie nun statt dessen an einem langen Tisch der Zeitungs-Kaserne essen würden und angezogen wären wie alle anderen und eine Nummer auf der Schulter hätten und kurz geschnittene Haare und überhaupt alles uniformiert wäre, meinen Sie nicht, daß Sie da freier wären in Ihren Urteilen, produktiver in Ihrer geistigen Arbeit, mehr ›Mann‹ als Sie es jetzt sind?«
Herr Caldi war berühmt für sein Mannestum. »Ich weiß nicht, was die Konventionen und die Tabus damit zu tun haben sollen . . .«
Das Bankett ging zu Ende. Hoffman ließ den armen Caldi sitzen, sprang, Masino nach sich ziehend, hinter zwei anderen jungen Redakteuren her und zog alle mit sich fort. »Raus, raus, hier platzt man ja.«
»Jetzt gehen wir zu unserem Bankett. Wir, die wir den Göttern Sühne für die Abscheulichkeit dieses Abends schulden, als wir gegessen haben statt zu furzen, getrunken, statt zu saufen, geredet, statt zu handeln.« Hoffman schrie das den drei anderen in der Tür des Lokals zu. Es war Nacht. »Abscheulich! Abscheulich!«
Masino schlug vor: »Gehen wir irgendwo was trinken.« Niemand hatte sich beim Bankett besaufen können. Die beiden anderen waren unsicher: »Wohin gehen wir?«

»Irgendwohin«, kreischte Hoffman, »wohin wir auch gehen, da wird's lustig!«
Einer der Redakteure fing an zu lachen.
»Das ist noch gar nichts«, mischte Masino sich ein. »Heut' abend werdet ihr einen Göttertrunk kennenlernen!«
Nach einem kurzen Versuch, durch die Alleen zu rennen, den die anderen beiden Filzläuse nicht mitmachen wollten, fing Hoffman eine Diskussion an, vollkommen ruhig. Nur daß er ab und zu beim Laufen einen kleinen Sprung machte. Und Masino dachte, selbst wenn dieser Mann zum Krüppel, wenn er blind und aussätzig würde, zu welchem Unglück er auch verdammt wäre, er würde selbst dann noch das Leben zu genießen verstehen und noch die belanglosesten und unnützen Handlungen höchst bedeutsam werden lassen. Hoffman war ein so außerordentlicher Mensch, wie ihm noch keiner begegnet war, und obwohl er früher darüber gegrübelt hatte, ob er ihn umbringen wollte – jetzt lächelte Masino.
»Hier muß Alkohol her!« platzte der Jude von neuem los nach einem dramatischen lauten Gelächter, bei dem er plötzlich stehenblieb und sich zwischen die beiden anderen stellte. »Der Satan spricht aus mir: Saufen!« Einer der beiden Redakteure schlug mit gedämpfter Stimme lachend vor: »Nicht so laut. Nachher geh'n wir zu den Huren.«
Hoffman packte Masino am Arm. »Das sieht denen ähnlich! Abschaum der Menschheit! Kleine Leute! Um zu genießen, wissen sie nichts anderes, als leiser zu sprechen und bei den Huren zu landen! Nein! Nein! Nein! Heute abend will ich den Tanz des Blutes tanzen. Weg mit der Scheinheiligkeit der Kleinmütigen! Leiser reden? Heute abend wollen wir mit unserem Rülpsen den Lieben Gott aufwecken und Frauen auf offener Straße anfallen und mit Pauken und Trompeten vergewaltigen . . .«

Die Allee war verlassen, dennoch blickten die beiden besorgt um sich, lachten nervös und knufften Hoffman in den Rücken. Masino zweifelte nicht daran – Hoffman war imstande, das auch in die Tat umzusetzen. Doch er hatte keine Angst. Er hatte den Freund schon schwer besoffen Polizisten beschimpfen und doch ungeschoren davonkommen sehen.

»Trinken! trinken!« schrie auch er. Es war so etwas wie ein allgemeiner Rausch, der sie erfaßte, und Masino ließ sich mitreißen von Hoffmans Übermut. Allein brachte er dergleichen nie fertig.

Sie gingen mit dem redseligen Hoffman in eine Kneipe. Drinnen schwieg Hoffman. Er lud sich wieder auf. Selbst in seiner Überschwenglichkeit blieb er stets äußerst vernünftig, das gab ihm solche Macht über die kleinen Ängste der anderen.

Sie tranken wer weiß wieviel handfesten Wein vom Faß. Masino, den die Farbe des Weins anwiderte, hielt sich an Likör und mußte sich deswegen von Hoffman beleidigen lassen, bis er sich wutentbrannt über die strohumflochtene Flasche hermachte und den Wein hinunterspülte wie ein Anfänger. Auch die beiden Redakteure fühlten sich inzwischen wohl. Sie begannen zu singen. Hoffman brachte sie zum Schweigen, stieß ein Gebrüll aus und sprang auf den Tisch. Der Kneipenwirt kam angelaufen. Ein paar Fuhrmänner, die herumsaßen, krümmten sich vor Lachen. Auch die beiden Kollegen lachten wie Tölpel. Masino qualmte mit einem Brummschädel vor sich hin.

Der Wirt verwies auf ein Schild. Masino buchstabierte: *Politische Diskussionen . . . Singen von . . . sind verboten . . .* »Im Parlament müßte man diese Bekanntmachung anbringen, nicht hier . . .« Hoffman gab die Flasche weiter und brüllte: »Tod der kleinlichen Politik und allen, die davon reden.«

Dann redete er mit dem Wirt. »Ich bin ein Faß. Der Wein ist in meinem Bauch. Laß meinen Wein kochen.« Die beiden erstickten fast vor Lachen. Masino war voller Bewunderung.
Dann endlich trollten sie sich. Die Redakteure sangen weiter; sie hatten gesehen, daß man das im Rausch eben tut. Hoffman nahm einen Anlauf und sprang über eine Doppelbank in der Allee. »Abhauen!« schrie Masino. »Da ist ein Schutzmann.« Niemand achtete auf ihn.
Im Nu waren sie am Ufer des Po. Hoffman fing an, sie zu beschimpfen: »Gehen wir ins Zentrum. Nicht hier sollt ihr enden! Die Palazzi und die Kirchen sollen uns sehen und erzittern!«
Die beiden Redakteure, blau wie sie waren, wollten nichts davon wissen und torkelten und gröhlten. Masino, der zwar gewaltig auf den Beinen schwankte, aber noch bei halbwegs klarem Verstand war, hatte keine Lust, ins Stadtzentrum zu gehen und Heldentaten zu vollbringen; er war im Rausch niemals überschwenglich; die Welt erschien ihm immer in den gleichen Proportionen.
Hoffman schwang eine Rede. Die Redakteure rülpsten. Masino schaute in den Himmel.
Dann wandten sie sich zur Brücke. Vom Hügel her nahte eine Gesellschaft von betrunkenen jungen Leuten mit Nelken im Knopfloch und einer Gitarre. Masino hörte Stimmen. Es kam ihm vor, als wären es Südländer. Gebärde des Widerwillens.
Hoffman tat ein paar Schritte. Er horchte. Die anderen kamen laut gröhlend näher. Unversehens nahm Hoffman Anlauf und sprang mitten in die Gruppe hinein, wobei er einen Namen brüllte.
Freudige Begrüßungen folgten. Wie sich später zeigte, waren die jungen Leute ehemalige Kollegen von Hoffman

aus der Zeit, als Hoffman sich als Drechsler betätigt hatte. Hoffman war nämlich, wie Christus, ursprünglich Arbeiter gewesen.
Die beiden Redakteure machten sich endgültig aus dem Staub. Masino sah unter den Südländern immer nur ein und dasselbe Gesicht und sagte keinen Ton.
Der klimpernde Gitarrenspieler machte beim Monumento dei Mille den üblichen Vorschlag: »Dem Garibaldi nehm' wir die Axt weg un' geh'n wir zur Porta Nuova und hau'n D'Azeglio den Deetz ab!« Masino brummte: »Hauen wir die lieber was anderes ab« – obwohl er doch über den Rassismus erhaben war.
Hoffman fühlte sich überall wohl. Er gab den Ton an.
»Du bist ein Idiot, Jeses. Heute abend schlagen wir lebendige Leute in Stücke. Wir plündern eine Waffenhandlung und errichten Barrikaden. Morgen sind wir die Herren von Piemont.« Aber die Süditaliener begriffen ihn nicht.
Nun fing wieder das Rennen durch die Alleen an. Über Bänke springen, an Laternenpfählen hochklettern, gegen Rolläden treten, laut gröhlen und singen: Das kapierten die Leute mit der Gitarre, sie lachten aus vollem Halse und halfen kräftig mit.
Masino machte sich an den Freund ran – ob das noch lange so weitergehen solle. Hoffman sagte nur: »Meine Zeit ist noch nicht gekommen«, und er raste Hals über Kopf einem Hund nach. Masino hinterher. Und alle anderen auch.
Sie wollten noch mehr trinken. Sie suchten in der Stadtmitte ein Lokal, das noch geöffnet hatte. Aber Masino war der Sache überdrüssig. Die Südländer waren bessere Lacher als die beiden Redakteure, sie waren echter, naiver – doch auch sie kamen bei diesem Hexentempo nicht mit. Nur mit Mühe brachte Hoffman sie auf Trab.
Auf der Piazza San Carlo fingen die Unstimmigkeiten an,

der zu dieser Stunde fast verlassen war. Auch die Gruppe der Arbeiter schaute jetzt um sich, eingeschüchtert durch die Ungeheuerlichkeiten, die Hoffman mit lauter Stimme von sich gab. Einer von ihnen, der Hoffman offenbar nicht kannte, tat abfällig: »Was will der Blödmann?« Masino versetzte ihm einen Fußtritt in den Hintern. Der Gitarrenspieler gab's Masino zurück. Hoffman, ein paar Schritte weiter, schrie: »Laß sie gehn, wer meiner nicht würdig ist, bleibe in seinem Sumpf!«

Vor der Tür eines Cafés blieb er stehen. Mit heftigen Gebärden hielt er einem Vorübergehenden, der verblüfft zuhörte, eine Ansprache. Doch als er ins Lokal stürmte mit dem Ruf: »Gott will es!«, da folgten ihm nur Masino und noch einer.

Nun darf man zu dritt aber bekanntlich kein Spektakel machen. Sonst wird man im Handumdrehen rausgeschmissen, oder es passiert noch etwas Schlimmeres. Man dringt eben nicht mit Gewalt in ein Lokal ein wie eine Plage Ägyptens.

Hoffman spürte, daß es kritisch wurde. Masino wurde auf einmal ganz grün. Der andere taumelte. Ein Kellner nahte. Hoffman fing wieder an zu gröhlen: »Wer ist hier der Verantwortliche? Er soll herkommen, bei Gott, er soll sich vorstellen!« Er schlug mit der Faust auf den Tisch. »Blut und Verdammnis, ich will den Verantwortlichen! Wo ist der Besitzer?«

Immer mehr Kellner liefen herbei. Ein Oberkellner kam, der überhaupt nicht im Bilde war.

»Der Herr? . . .«

»Wo ist der Besitzer?« donnerte ihn Hoffman an.

»Ich . . .«, sagte der andere, ». . . Reklamationen . . . ich bin beauftragt . . . wenn der Herr . . .«

»Der Herr . . .«, mischte Masino sich jetzt kaltschnäuzig

ein, ». . . die Herren wünschen Kaffee!« und er fand sich großartig.
»Idiot!« schrie Hoffman. »Feigling!« und es gelang ihm, von einem vorübergetragenen Tablett ein Glas zu schnappen und es auszutrinken.
»Du bist ja geistreich gewesen, Masino«, meinte Hoffman ein paar Tage danach, als sie in die Berge wanderten. »Nur schade, daß es fehl am Platze war, wie alle geistreichen Dinge, die du tust.«
Masino trug es mit Fassung. Er war zufrieden, seinen Kollegen schließlich gerettet und aus der Rauferei fortgezogen zu haben. Hoffmans eine Hand war noch verbunden. Er wandte sich um, um Turin von der Anhöhe aus zu betrachten, durch die Bäume hindurch, wie es sich unten in der Ebene weitläufig ausdehnte.
»Ist deine Villa der Wunder noch weit?« drängte Hoffman. Masino hatte ihm vorgeschlagen, ihn zum Diskutieren zu einem bekannten Priester mitzunehmen, einem großartigen Mann – wie er sagte –, eine Kraft wie im Mittelalter, lebendig, tatkräftig.
»Hier ist's.« Er bog in einen schlammigen Grasweg ein. Hoffman hinterher.
»Sieh dir die Bäume an, wie gleichgültig wir ihnen sind«, bemerkte der Freund. »Die heilige Natur. Aber uns sind die Bäume schließlich auch gleichgültig.«
An der Gartenpforte fing wie gewöhnlich der Hund an zu bellen. »Ruhig! Verdammtes Biest.«
Ein bartloser Alter kam krumm und geifernd herbei.
»Wir möchten zu Don Rione.« Sie traten ein und sahen ein Fräulein in Weiß unter einer Pergola verschwinden.
Vor der Eingangstür zur Villa – rötliche Mauern, von Grünspan gefleckt – mußten sie einen Augenblick warten.

»Dieser Priester«, erklärte Masino, »unterrichtet die Töchter und den Sohn des Besitzers. Er ist seiner Priesterwürde entkleidet und dann wieder bestätigt worden – irgendsowas. Ich glaube, er muß noch in Buße leben. Ein toller Typ.«
Hoffman schnitt eine Grimasse. »Die Freidenker unter den Priestern sind das übelste Gesindel unter der Sonne«, urteilte er mit Bestimmtheit.
Der geifernde Alte kam zurück. Sie stiegen eine Treppe hinauf. Sie gingen durch Zimmer, alte bemalte Zimmer mit getäfelten Türen. Zeug aus dem achtzehnten Jahrhundert. Es herrschte Stille, Friede. Von einem Fenster aus sahen sie ein Stückchen Grün. Und auf die Aufforderung einer tiefen Stimme hin ließ der Alte sie in einen großen Raum eintreten.
»Guten Tag, Don Rione!« rief Masino munter. Der Priester – widerspenstiges volles Haar, ein entschlossener Blick, ein richtiger Mann – erhob sich von einem Tischchen und kam ihnen entgegen. Aufrecht stehend wirkte er mit seinem knochigen Körper geradezu feierlich. Masino mußte immer an einen Märtyrer-Apostel denken, wenn er ihn sah.
Sie setzten sich um das Tischchen. Darauf lagen ein paar Bücher, ein Brevier und ein Blatt Papier. Sonst standen im Zimmer nur ein Bett und ein Ofen, der ungeheizt war.
»Wie nett, daß Sie mich besuchen kommen«, begann der Priester lächelnd. »Nun, Ferrero?«
Masino wickelte ein Buch aus, das er mitgebracht hatte, und reichte es Don Rione.
»Gelesen. Da ist es wieder.«
Ein elfenbeinfarbenes Buch mit rotem Lesezeichen. Oben drauf, in Gold eingeschnitten, *Heptameron*.
»Nun, hat Sie die Geschichte vom Heiligen Ambrosius interessiert?« fragte der Priester.

»Gut«, sagte Masino, um irgend etwas zu sagen. »Eine geradezu franziskanische Einfachheit.« Er bereute sofort, das gesagt zu haben.

Hoffman hatte das Buch genommen und blätterte es mit kritischer Miene durch. Die beiden anderen warteten ab.

»Können Sie mir erklären, warum der pseudo-franziskanische Geist gegenwärtig so Mode ist? Kommt Ihnen das nicht imbezil vor? ... Ich gebrauche das Wort im lateinischen Sinn.«

Don Rione setzte sich auf seinem Stuhl zurecht. Masino erstarrte.

»... Ja«, fuhr Hoffman fort. »Sie geraten alle in Begeisterung, diese weltlichen Freidenker, wegen so ein paar sentimentaler Einfältigkeiten. Das macht doch die Größe der Kirche nicht aus.«

Don Rione war gleich kampflustig.

»Aber das Schwert allein auch nicht. Oder besser«, fuhr er sich ereifernd fort, »hier haben wir die beiden Gesichter der einzigen Wirklichkeit, der Liebe Gottes. So wie sie vom heiligen Paulus begriffen wurde ...«

Masino kam ins Schwimmen. Hoffman dagegen gab schlagfertig zurück.

»Nein, wir sprechen nicht von der Vergangenheit oder vom Schwert. Wir haben hier eine Religion, die auf glühender Barmherzigkeit gegründet ist. Die Liebe Gottes und die Liebe der Kreaturen. Wenn ich aber an die Ausübung denke, so läuft meines Erachtens alles auf eine unbestimmte Zärtlichkeit gegenüber nebulösen Wesenheiten hinaus: die Menschheit, das Kind, die Jungfrau. Wo ist also die wahre Liebe Christi?«

Das war die Frage. Masino dachte verblüfft, daß er Monate gebraucht hatte, um mit dem Priester auf die Religion zu sprechen zu kommen. Und Hoffman war schon nach ein paar Worten beim Thema.

»Dem«, erwiderte Don Rione, »gilt das angstvolle Fragen aller Heiligen: der Vollkommenheit, die zu erringen uns auf Erden nicht gegeben ist, sofern wir nicht mit einer besonderen Gnade ausgestattet sind, die uns erleuchtet. Durch die Vermittlung der Kirche verleihen wir dem Ideal, das nur wenigen Menschen in Augenblicken der Heiligkeit aufgeleuchtet ist, auf Erden in greifbarer Gestalt Dauer.«
»Aber Christus«, schnitt Hoffman ihm das Wort ab, »und Christus? Warum kam der Menschensohn auf Erden?«
Masino begriff nur ab und zu etwas, aber hier fiel ihm etwas auf. Warum sprach Don Rione immer bloß von Menschen? Dieser Teufelskerl von einem Hoffman war kaum da und schon traf er ins Schwarze.
»Meine lieben Jungen«, hob Don Rione von neuem an, indem er wieder auf seinem Stuhl hin und her rutschte, »ich sehe, Sie sind typische Vertreter einer zeitgenössischen Mentalität. Gewiß sind Sie über viele Vorurteile erhaben, und ich kann deshalb reden, ohne zu befürchten, mißverstanden zu werden. Ich sage Ihnen also: Die Kirche befiehlt, und an uns ist es, zu gehorchen. Da wir von der Wahrheit des Glaubens überzeugt sind, haben wir uns nur zu demütigen, dem Satan abzusagen, der in uns ist, indem wir blind die geistige Ordnung des Lebens annehmen, welche uns die Kirche gibt . . . und die im übrigen von Gott gewollt ist . . .«
»Dieses ›übrigens‹«, dachte Masino, »stinkt nach Ketzerei.«
». . . unser Glaube ist ganz Barmherzigkeit . . .«
»Nein, nein und nochmals nein«, unterbrach Hoffman ihn barsch. »Uns demütigen, vor was? Entweder ist die Kirche ein höchst vollkommenes Gebäude, befestigt von der wahren Liebe Christi, oder aber diese Liebe lebt tätig in der Welt, trotz der Kirche. Entweder Sie rechtfertigen mir auch

die dümmste und nutzloseste Kulthandlung, oder Sie hängen den Priesterberuf an den Nagel!«
Don Rione war ernst und starrte aufs Fenster. Masino sah zu Boden, sein Kopf rauchte.
Don Rione sagte:
»Das ist die übliche Ketzerei unserer Zeit, seit Jahrhunderten dasselbe. Nichts Neues unter der Sonne. Ikonoklasten oder Albigenser. Immer der verrückte Stolz, der alles vollkommen haben möchte. Aber das Fleisch ist unvollkommen, von Natur aus. Wenn es nicht unvollkommen wäre, wozu wäre denn die Prüfung des Lebens nütze? Die Zelte Israels werden wir erst im zukünftigen Leben sehen. Das ist das Fundament der wahren Religion.«
Hoffman schwieg. Masino sagte bebend:
»Das ist es ja, was uns, die Menschen von heute, nicht befriedigt. Wir dürsten nach Realisierung. Etwas auf eine ferne Zukunft zu verschieben, wenn uns nichts daran hindert, es jetzt und hier zu verwirklichen – das bringt uns auf«, und er sah Hoffman, der ganz in Gedanken vertieft war, verstohlen an.
Don Rione zwang sich zu einem kleinen Lachen:
»Wenn es Ihnen so leicht vorkommt, das jetzt und hier zu verwirklichen, warum haben Sie es denn nicht getan?«
Und Masino: »Aber Leben ist Suchen.«
Hoffman seinerseits warf ein: »Ich habe nie begriffen, wozu jene kümmerliche Dosis von Mystizismus dienen soll, welche die Kirche ihren Gläubigern in Form von läppischen Kulthandlungen verabreicht. Wo ist da die Liebe Christi?«
»Das sind die Stufen, die zur Liebe Christi führen. Der gewöhnliche Gläubige ist kein Heiliger. Ich habe Ihnen doch gesagt, daß Heiligkeit nur wenigen Menschen gegeben ist.«

»Hören Sie«, sagte Hoffman ohne die geringste Ehrerbietung zu ihm, »diese Methode, mit der die Kirche die Menschheit führen will, sieht mir aus wie ein Pferdegespann, das ein Auto hinter sich herschleift. Wenn Sie als Priester mir bestätigen, daß die Kirche nichts ist als ein organisatorischer Kniff, dann geben Sie damit zu, daß der offizielle Glaube in der stillschweigenden Annahme besteht, daß es Gott nicht gibt, und ihn dann anzubeten ...«
Hier unterbrach ihn Don Rione und schaute andächtig in die Luft.
Am späten Nachmittag, es wurde bereits dunkel, marschierten die beiden wieder die Anhöhe hinab. Masino war ein wenig verärgert über die dialektischen Gewalttätigkeiten seines Kollegen, und Hoffman sprach ab und zu beiläufig von diesem und von jenem. Schließlich kam er zum Thema.
»Großer Schweinehund, dein Priester da.«
Masino ballte die Fäuste. Wann hatte je ein Mensch, der ihm intelligent oder bedeutend vorgekommen war, Hoffmans Anerkennung gefunden? Gewiß, Don Rione hatte sich nicht allzu gut geschlagen. Doch Masino war anders als Hoffman: für ihn war es unerheblich, ob jemand sich im Verlauf einer Diskussion gut hielt oder nicht.
»Dieser Priester ist ein großer Mann«, erwiderte er. »Jemand, der alle Gedanken durchlebt und durchlitten hat, und wenn er bei Christus halt gemacht hat, so deshalb, weil er nicht mehr weitergehen konnte.«
»Bravo«, grinste Hoffman höhnisch, »bravo«. Und nun begann er, selbst von der Liebe Christi zu sprechen.
»Wir werden den Lohn des Himmels nicht mehr erhalten. Wir werden nichts als arme Menschen sein, die geboren werden und sterben. Wir werden den Wahn des Hochmuts und der Hoffnung vergessen. Wir werden in uns das Leben von

Christus wiederholen, ihn wachsen lassen, bis wir einen Menschen aus ihm machen. Wir werden keinem Bettler mehr unseren Groschen geben, aber wir werden das Leben darauf verwenden, den Groschen zu vernichten, der den Bettler geschaffen hat. Wir werden zu dem, der leidet, nicht mehr sagen, er sterbe, damit er das Leben gewinnt, sondern wir werden unser Leben einsetzen, ihn zu trösten. Wir werden das Gefängnis, die Kaserne und das Freudenhaus aufbrechen, um die Kreaturen herauszuführen und ihnen den Weg zum Leben zu weisen . . .«
Eine halbe Stunde lang fuhr er so fort. Er verlieh seinen Sätzen einen rhythmischen, prophetischen Tonfall, um sich Mut zu machen, sie auszusprechen, und sich abzusichern, zuweilen grinste er, doch zuletzt leuchteten seine Augen und sein Antlitz spiegelte eine bewegte Feierlichkeit.
Masino verspürte wieder einmal Lust, ihn zu töten – oder aber ihn zu verehren.

Ahnen*

Verwirrt von der Welt, kam ich in ein Alter,
da ich die Luft mit Fäusten schlug und ohne Grund weinte.
Das Gerede von Männern und Frauen zu hören
ohne Antwort zu wissen macht wenig Freude.
Doch auch die ging vorbei: ich bin nicht mehr allein
und weiß ich nicht Antwort, was liegt schon daran?
Ich fand mich selbst und damit auch Gefährten.

Vor meiner Geburt, so scheint mir, lebt' ich
immer in gleichmütigen Männern, Herren ihrer selbst,
keiner wußte Antwort und ruhig waren sie alle.
Zwei Schwäger eröffneten ein Geschäft – das erste
Vermögen
unsrer Familie – ernst war der fremde Part,
berechnend, gefühllos, kleinlich: eine Frau.
Der andre, unserer, las im Geschäft Romane
– war häufig im Dorf – und der Kundschaft, die eintrat,
wurde wortkarg geantwortet,
daß der Zucker alle sei, das Sulfat desgleichen
und das übrige ausverkauft. Später geschah es,
daß dieser letzte dem verkrachten Schwager beistand.
Denk ich an diese Leute, fühl ich mich stärker,
so, als spreizte ich vor dem Spiegel die Schultern
und verzöge die Lippen feierlich zu einem Lächeln.
Lang vor Zeiten lebte ein Vorfahr,
der sich prellen ließ von seinem Pächter;

* Dieses Gedicht ist erschienen in Pavese, *Gedichte*, herausgegeben und übersetzt von Urs Oberlin (Claassen Verlag).

schließlich harkte er selbst den Weinberg – im Sommer –
um gute Arbeit zu sehn. So
lebte ich stets und immer behielt ich
sichere Miene und blieb keinem was schuldig.
Und die Frauen zählen nicht in der Familie.
Will sagen, die Frauen bleiben im Haus, sie bringen
uns zur Welt und sprechen und zählen
nichts und man vergißt sie.
Jede Frau mischt uns etwas Neues ins Blut,
doch alle gehn sie zu Grund bei der Arbeit, und wir,
die verjüngt draus hervorgehn, wir allein dauern.
Voller Laster sind wir, voller Schrullen und Ängste
– wir, die Männer, die Väter – einige haben
sich umgebracht, *eine* Schande allein hat uns nie getroffen:
niemals werden wir Frauen sein, nie eines andern Schatten.

Mit dem Gefährten fand ich auch Boden,
schlechten Boden, auf dem es ein Vorrecht ist,
nichts zu tun und ans Künftige zu denken.
Arbeit allein genügt weder mir noch den Meinen
und wir krepieren nicht dabei, doch der kühnste Traum
meines Vaters
war von jeher ein rechtschaffenes Nichtstun.
Zum Vagieren sind wir geboren, auf jenen Hügeln,
ohne Frauen, die Hände verschränkt hinter dem Rücken.

Religiös

In jenem Jahr verbrachte Masino einen Teil des Sommers als Filmkorrespondent in Frankreich; seine Arbeiten auf diesem Gebiet hatten gefallen, und so war es ihm gelungen, seine Zeitung zu bewegen, ihn dorthin zu schicken. Nach der Rückkehr hielt er sich einige Tage in Bandito auf, wo er gewöhnlich Ferien machte. Er nahm Hoffman mit. Mit dem Fahrrad legten die beiden etwa zwanzig Kilometer zurück bis nach Carmagnola am Po, wo sie ein Boot mieteten und mit dem Punt hinausfuhren.
Wieder zurück in Turin, wollten sie – Masino vor allem – die letzten schönen Tage auf dem Po nicht versäumen. Hoffman folgte und redete und genoß, alles von sich aus. Hoffman war in der Welt noch nicht emporgestiegen. Mit der Tageschronik hatte er angefangen und mit der Chronik schlug er sich noch immer herum. Masino zeichnete seine Artikel inzwischen, hatte eine eigene Rubrik – »Film und Theater« – und konnte sogar dann und wann für eine Reportage auf Reisen gehen. Hoffman malträtierte ihn nicht länger. Er sagte ihm einmal, wenn es einem Manne gelinge, sich durchzusetzen, könne er noch so eine Niete sein, er würde immer gewinnen. »Du warst übrigens von Anfang an intelligent.«
An einem klaren, frischen Samstag im Oktober mit einer Sonne, die wie durch eine eiskalte Kuppel gefiltert schien und dennoch wärmte, kehrten die beiden, weit und breit die einzigen auf dem Fluß, zu alten Lieblingsbeschäftigungen zurück.
Sie waren in ein schweres morsches Boot gestiegen, eines

von denen, die ganz ausgelaugt sind vom Wasser und von der Sonne, und fuhren bis hinter Moncalieri. Dort einmal angekommen, hielten sie in einer leichten Strömung an, die von den flachen Ufern ganz grünlich schimmerte, ein gelegentlicher Ruderschlag genügte, um das Boot auf der Stelle zu halten. Man hatte sich nicht einmal anstrengen müssen. Masino streckte sich auf dem Boden des Bootes aus und vergaß völlig, daß Hoffman da war.
Hoffman aber, aufrecht, auf das Stechpaddel gestützt, begann zu sprechen: »Es war wirklich schön in Carmagnola, mit den Bergen ringsherum. Sie waren weit weg und doch kam es einem vor, als wäre man mitten drin.«
Auch Masino überließ sich der Erinnerung:
»Aber Bandito selbst ist noch schöner, wenn's Abend wird, mit seiner niedrigen, von der Sonne glühenden Anhöhe und der reinen, schneidenden Luft, die all dieses Braun, dieses Grün und die Häuschen am Hang so deutlich hervortreten läßt.«
Danach stand er auf und packte das Puntruder. Er hatte die Pyjamajacke über den Shorts an, seine übliche überaus elegante Kleidung, die sogar Hoffmans Beifall fand. Die Erinnerung an Bandito hatte ihn unruhig gemacht. Er verspürte ein Bedürfnis nach Bewegung und Plackerei.
In der knisternden Lauheit der Sonne war es schön, auf dem Wasser zu fahren. Hoffman legte sich mit dem Stechpaddel ins Zeug. Das Wasser tropfte ihm an den warmen Händen herab. Masino, der im Heck stand, versuchte, seine Freude in Worte zu fassen. Aber er würde sicherlich nur Dummheiten aussprechen.
»Das Herrliche an dem Stab ist, daß man den ganzen Grund des Flusses kennenlernt. Man tastet, man stößt, man kennt die Steine, man versackt im Schlamm. Ein Werkzeug der Liebe, würde d'Annunzio sagen«, schloß er.

»Der ganze Körper bewegt das Boot. Die Arme geben die Kraft, die Beine steuern, die Brust atmet. Alle Muskeln dehnen sich, und in der Haltung gleicht man einer Statue.«
Hoffman sagte nichts.
Masino stieß einen Freudenschrei aus. Der Himmel, die Pflanzen und ihre große Einsamkeit erfüllten seine Seele. Er tat einen tiefen Atemzug und schrie erneut:
»Ich fühle mich ganz wild!«
Hoffman schaute und sagte keinen Ton. Masino war so überschäumend, daß er sich selbst für den Sarkasmus und die Seitenhiebe des Freundes gewappnet fühlte. Doch Hoffman hatte ganz offensichtlich andere Dinge im Sinn. Und das machte Masino geradezu tollkühn: Er hatte den Mut, Hoffman zu einem heiklen Gespräch herauszufordern, das ihm schon oftmals in der Kehle steckengeblieben war, weil er fürchtete, ein vernichtendes Urteil zu hören. Er fragte unvermittelt:
»Ich bin so übermütig, daß ich es nötig habe, gedemütigt zu werden. Hoffman, beweise mir, daß ich ein Idiot bin.«
Und Hoffman erklärte unvermutet:
»Du kannst von Glück reden, du Schurke. Du solltest den Lieben Gott nicht versuchen. Wenn einem so unfähigen Menschen wie dir alle Pläne gelingen, so muß dieser Mensch ein Genie sein. Du bist der bedeutendste Kopf, den ich je kennengelernt habe. Du bist wunderbar. Du kannst ein Trottel sein und wirst im Leben doch immer eine wichtige Rolle spielen.«
Masino war nicht allzu erstaunt. Denn in der Tat, wenn Hoffman ihn um sich behielt, so mußte er das ja aus gutem Grund tun. Seine Bewunderung für Hoffman war so groß, daß er ihm auch in diesem Punkt vertraute. Sich selbst bewundern, erschien ihm, da Hoffman ihn ausdrücklich bestätigt hatte, nichts weiter als Hoffmans Urteil zu akzep-

tieren. Und von allen Gedanken des Freundes war jener für ihn am qualvollsten gewesen: daß zur Erkenntnis und zum Leben Bescheidenheit erforderlich sei – und doch war es vielleicht auch gerade dieser Gedanke, der ihn etwas verändert hatte, der ihn gelassener gemacht und ihn befähigt hatte, in allem Herr seiner selbst zu sein.

»Du steckst voller Idiotien und Dummheiten, voll alberner Vorurteile, hochmütig bist du und wirst es immer bleiben, aber du verdienst zu leben. Aber du bist nicht einer von diesen Schwachköpfen, die *sich selbst* suchen, bei all deiner Unwissenheit vermagst du zu leben und zu verstehen.«

»Bravo«, schloß Masino, »du mußt es wissen.« Er wollte in einem scherzhaften und sicheren Ton fortfahren, spürte jedoch, daß es schief klang. Hoffman hatte es ernst gemeint.

»Ich hab' bloß einen Fehler. Daß ich nie was von Politik verstehen werde. Und das bedeutet, daß ich immer ein Dilettant bleibe im Leben.«

»Das ist der Fehler eurer Welt«, bemerkte der große Freund. »Und es ist der schlimmste Fehler von allen. Aber an dir verzweifle ich nicht. Vielleicht wirst du dich eines Tages bekehren. Du scheinst mir vom Schlag eines Apostels zu sein.«

Eine wahrhaft merkwürdige Vorstellung. Doch noch mehr verwunderte Masino diese Sanftmut bei Hoffman, dieses Wohlwollen, während er doch bisher bloß immer mit Beschimpfungen und vernichtenden Urteilen reagiert hatte. Wirklich, er war unberechenbar, dieser Freund. Masino kam sich noch bescheidener, wie ein Schüler vor, er empfand keinen Neid und keine Bitterkeit mehr.

Masino sprach von etwas anderem, um seine innere Spannung loszuwerden.

»Es ist kühl heut' abend. Laß uns umkehren.«

»Man braucht nur ins Wasser zu springen, um wieder warm zu werden«, riet Hoffman. Und setzte dann fort: »Heirate, Masino. Dann wirst du vieles begreifen, was dir persönlich unbillig vorkommt und dir fern zu liegen scheint. Du wirst ein anderes Leben entdecken, tausende von Erfahrungen machen und erkennen, was es auf der Welt alles gibt.«
Doch zu dem Thema hatte Masino genaue Vorstellungen. Bisher hatte er eine große Abneigung gegen jegliche Bindung an den Tag gelegt. Seine Anti-Bescheidenheit. Er erwiderte überlegen:
»Ah, komm mir nicht mit Frauen. Ich hab' zwar nicht viele gekannt, aber es hat mir gereicht, um sie zu verstehen. Frauen sind in irgendeiner Weise etwas Feindliches. Mein Ideal ist ein Mann, der sich ihrer zu bedienen weiß, es aber gleichzeitig versteht, sie sich vom Hals zu halten.«
»Du bist ein Idiot, Masino. Einer von der intelligenten Sorte, die sich im Leben aufspielen wollen. Sieh es einmal so: Das höchste Vergnügen, das man mit einer Frau haben kann, kann man auch mit einem Mann haben. Es ist also nicht nötig, den großen Zyniker zu spielen, sondern den Kopf zu neigen und über das Geheimnis nachzudenken ...«
Nein, unbedingt, Hoffman war nicht mehr derselbe wie früher. Er sprach wie ein dem Tod geweihter Christus.
»... die Liebe einer Frau gewinnt dadurch, daß sie eine unerhörte Intimität ermöglicht, durch die Erfahrung, die unzählige Pforten auftut zu einem unbekannten Leben. Die Pflichten der Ehe sind eine Bindung, die dich die Fesseln der Welt erkennen lehrt, und dir ein Bedürfnis zeigt, das jedem Menschen, auch dem Unwissendsten, eigen ist, nämlich, sich als Teil von irgend etwas zu fühlen. Die eheliche Liebe in ihrer Ruhe und Beständigkeit veranschau-

licht dir die Ruhe und Beständigkeit des Lebens, sie lehrt dich die Schönheit eines gemeinsamen Opfers . . .«
Hoffman redete weiter. Ist's möglich, daß er ganz Milch und Honig geworden ist, dachte Masino und genoß es fast schon, den schrecklichen Zyniker solch banal-lyrische Töne anschlagen zu hören.
Er erwiderte: »Das ist doch die uralte Geschichte jedes anständigen Romans.«
»Eben«, fügte Hoffman im trockenen Ton seiner scharfen Schlüsse hinzu, »darin liegt die Bedeutung dessen, was ich sage. Die Ehe ist etwas ganz Gewöhnliches, sie ist so gewöhnlich, daß sie widerwärtig ist, und eben deshalb muß man sich auf sie einlassen, damit wir von unserer bürgerlichen Überheblichkeit frei werden, damit wir von unserer Bildung loskommen. Du schimpfst alle deine Nächsten Philister, du Scheusal.«
Masino hatte so etwas zwar nie gesagt, aber er war trotzdem betroffen. Hoffman war also doch der alte Hoffman geblieben, der ihn in Rage brachte und am Boden zerstörte. Bescheidenheit, sich befreien, die neue Welt der Liebe – so oft hatte ihm der intellektuelle Hoffman all diese einfachen Ideen auseinandergesetzt, ihn damit attackiert und ihn mit Angst über die eigene Existenz erfüllt.
Und Hoffman begann von neuem mit einem Thema, zu dem er sich schon so oft geäußert hatte: »Deshalb bin ich so froh, mit unpersönlicher Berichterstattung beschäftigt zu sein, die alle lesen, die das Leben aller ist, allen viel mehr bedeutet, als wenn du in einer perfekten Kritik hochmütig – ohne von der Welt überhaupt was zu verstehen – deine geistigen und persönlichen Laster zu Papier bringst.«
Aber Masino ließ sich nicht aus der Ruhe bringen. Er schluckte, was ihn früher drei Tage lang geistig bedrückt

hätte. Er tauchte kräftig das Ruder ins Wasser und tröstete sich mit der Überlegung: »Wenn in meiner Seele Überheblichkeit ist, weiß ich mich deswegen zu schämen. Das Leben ist eine Viecherei, und vielleicht ist es schon zuviel, *das* in etwa begriffen zu haben.«

Während des ganzen Gesprächs schauten beide umher. Die Strömung hatte sie bis vor Moncalieri zurückgetragen, und auch hier war weder an den Ufern noch auf dem Fluß eine Menschenseele zu sehen. Noch stand die Sonne hoch am Himmel, aber es wurde kühler. Langsam lief das Boot, zu Masinos Schande, auf eine Sandbank auf.

»Paß doch auf, du Nichtsnutz. Verschwendest deine Zeit mit diskutieren und dabei gehen die Bretter zu Bruch«, schimpfte Hoffman.

Sie mußten ins Wasser steigen und das Boot losrütteln. Sie schoben sich wieder in die Strömung.

Masino, bis zu den Hüften durchnäßt, streckte sich auf dem Boden aus, um das letzte bißchen Sonne auszunutzen. Keiner sprach. Hoffman stieß das Boot voran.

Masino sah von seiner Lage aus nur den Himmel, ein paar Wolken und das große Leuchten der Dämmerung. Er überlegte. Immer noch bedrängte ihn das Problem, wie er seiner selbst nur so sicher geworden war, daß er eine Auseinandersetzung mit Hoffman ohne Selbstmordgedanken ertrug. Er sah die Welt aus größerem Abstand, das ganz gewiß. Es war nicht das Alter, nicht eine Laune, auch nicht der Erfolg: was aber war es? Auf jeden Fall hatte er nie einen ähnlichen Augenblick des Begreifens und der Stärke erlebt. Gewiß, dachte er, die Kulisse ringsum, die Dämmerung über dem Po trägt auch dazu bei.

Aus der Ferne, bei den Wäldern auf der rechten Seite des Sangone, vernahmen sie einen schrillen Schrei. »Da wird eine Jungfrau vergewaltigt«, meinte Hoffman. Dann blickten sie wieder selbstvergessen auf die Strömung.

Plötzlich stand Hoffman auf: »Es ist kalt, ich springe ins Wasser.«
»Blödsinn.«
»Überhaupt nicht. Das Wasser ist lauwarm. Weißt du das nicht?«
Masino fühlte sich wohl, so wie er war. Aber der Freund steuerte das Boot ins seichte grünliche Wasser des linken Ufers. Masino genoß die Vorstellung, daß er da unter dem Himmel ausgestreckt allein im Boot lag.
Hoffman zog sich das Tuch vom Kopf. Er gab Masino einen Fußtritt, daß der fluchend hochfuhr, dann nahm er einen Anlauf, rannte durch das ganze Boot und stürzte sich ins unbewegte Wasser, wobei er dem Stechpaddel und dem Gefährten einen heftigen Stoß versetzte.
Doch dann geschah etwas Ungeheuerliches. Hoffmans Körper tauchte nicht mit dem Kopf ein. Der Kopf – der das Wasser als erstes berührte – schlug dumpf auf, und während der ganze Körper unbeweglich wurde, fielen die Beine schwer herab und sanken unter die Oberfläche.
Masino sprang in den Bug. »Was ist passiert?« Es war, als hätte Hoffman einen Kopfsprung auf einen Rasen statt ins Wasser gemacht.
Der reglose, nackte Körper kam wieder an die Wasseroberfläche, in Kreisen, die heftig zitternd auseinanderliefen. Masino, zutiefst erschrocken, ergriff das Paddel, legte es wieder zurück: er war ja ganz nah. Er empfand einen Schauder davor, ins Wasser springen zu müssen. Er zog den Pyjama aus, ließ sich dann ins Wasser gleiten, vorsichtig, um nicht mit dem Wellenschlag den reglosen Körper zu schütteln. Beine und Kopf waren untergesunken. Man sah nur den weißen Rücken an der Wasseroberfläche. Während er schrie: »Halt fest«, packte er den Körper an der Schulter. Der Körper überließ sich ihm.

Masino hielt sich mit der Hand am Rand des Bootes fest und mit der anderen hob er, um sich schlagend, den Kopf des Freundes hoch. Inmitten des aufgewühlten Wassers sah er ein schrecklich verformtes Gesicht.
Er stieß das Kinn hoch, damit er Hoffmans Körper über den Bootsrand beugen konnte. Mit großer Anstrengung stieg er selbst wieder ins Boot. Dann, während er Hoffman an den Schultern festhielt, betrachtete er das Gesicht und fuhr zurück.
Auf der Stirn war ein breiter blauer Fleck, und von einer Stelle nahe der Schläfe floß wäßriges Blut über die nasse, blasse Haut. Die Augen waren geschlossen. Masino versuchte, einen klaren Gedanken zu fassen, während er den Körper stützte, der immer noch bis zur Brust im Wasser lag. Hoffman mußte auf einen Baumstamm aufgestoßen sein, auf einen von den vielen, die in den Grund des Flusses gerammt waren – Reste von ehemaligen Deichen. »Die Zähne des Hais«, dachte er mit Schaudern, so hatten sie noch im vergangenen Sommer unbekümmert die zackigen, tödlichen Spitzen des Flusses genannt.
Hoffman war tot. Masino dachte nicht einmal daran, daß er vielleicht nur ohnmächtig sein könnte. Während er ihn mit großer Mühe immerfort über Wasser hielt, bewegte er den Kopf hin und her, rieb die Wangen, berührte die Augenlider. Eines war halbverschlossen. Er zog das Lid ein wenig hoch und sah ein verdrehtes, starres Auge.
Er spürte die Kälte nicht mehr, aber er zitterte wie im Fieber. Mit großer Anstrengung hievte er den Körper ins Boot. Er legte ihn auf die Planken. Unterdessen hatte das Blut aufgehört zu fließen. Es blieben nur noch die blauen Flecken, die purpurfarbene Schramme auf der Wange und die große Blässe der reglosen Glieder.
Masino war verwirrt. Er empfand, zugleich mit einer tiefen

Verzweiflung, Bestürzung und Zorn darüber, daß er nicht wußte, was er tun sollte. Hoffman – er – hätte bestimmt gewußt, was zu tun war. Es kam ihm der Gedanke, ihn mit Wasser zu bespritzen, aber er schimpfte sich selbst einen Idioten. – Der Freund war ohnehin schon klitschnaß.
Er berührte die Beine, die Hände. Dann fiel ihm ein, daß da noch das Herz war. Er nahm das Handgelenk, das ihm zwei oder drei Mal aus der Hand schlüpfte – die Glitschigkeit des Wassers. Es war kein Puls zu spüren. Er beugte sich zögernd nieder und legte das Ohr auf die Brust. Er fühlte an seinen eigenen Rippen, um den genauen Sitz des Herzens zu erkennen, *seines* Herzens, das klopfte und sprang. Und er zählte und zählte immer wieder seine eigenen Rippen. Dann versuchte er, die Rippen auf der Brust des anderen zu zählen; es gelang ihm nicht. Er legte wiederum sein Ohr an, legte es entschlossen auf die Kälte der Haut, links, rechts, überall, aber er hörte nichts. Hoffman war tot. Ohne jeden Zweifel tot.
Da stand er auf. Ein Orkan tobte in seinem Kopf. Er mußte sich immer wieder laut sagen, es sich zuschreien: Sei ruhig, bleib ruhig – *er* wäre ruhig. – Dann überkam ihn eine entsetzliche Angst, daß ein verpaßter Augenblick verhängnisvoll sein könnte. Aber wenn er doch tot war! Nein, nein, er war tot. Also. Ihm wurde schwindelig.
Er knirschte mit den Zähnen und ballte die Fäuste, er setzte sich hin, blickte um sich, schaute zum Himmel empor. Doch die Bäume und der Fluß schienen weit weg; sie kümmerten sich nicht um ihn.
Er hatte eine andere Idee und stöhnte laut auf vor Wut über seine Nervosität. Er beugte sich nahe an den Kopf heran und begann mit leiser Stimme zu rufen: »Hoffman, Hoffman«, ungefähr zehnmal, wenn auch überzeugt, daß das alles nutzlos sei.

Er überlegte, ob er Hilfe holen sollte. Nicht aus Angst, nicht aus Hilflosigkeit, sagte er sich immer wieder, sondern nur, um mal zu sehen, um mal zu hören, sich zu beraten. Aber Hoffman war sowieso tot.

Er schaute aufs Ufer, aber da war niemand. In zehn Minuten konnte er beim Bootsmann sein. Jetzt sprang er zum Stechpaddel. Er stellte sich mit schwankenden Beinen ins Heck, drehte das Boot mit großer Mühe – es schien ihm jetzt schwerer – »stell dich nicht so blöd an« – und paddelte so schnell er konnte den Fluß hinunter; dabei krümmte er sich, daß er fast das Rückgrat brach.

Er vergaß die Schönheit der Ufer, des Himmels, vergaß die Dämmerung, den außergewöhnlichen Hintergrund über dieser seltsamen Totenfeier auf dem Wasser – das wurde ihm erst später bewußt.

Als Hoffman später unter dem Schutzdach des Bootsmanns wieder zu sich kam und sich anschickte, ganz der alte zu werden, stieg in Masino eine merkwürdige Wut auf.

Der Gedanke an den Tod hatte ihm allzu gut gefallen. Masino mußte sich eingestehen, daß er gehofft hatte, allein zu bleiben mit dem Monopol der Erinnerung an den Gefährten. Statt dessen hörte er, wie ihm gedankt wurde; und da der Kollege allein war auf der Welt, mußte Masino wohl oder übel die Tage im Krankenhaus über sich ergehen lassen und noch beträchtliche Zeit hinterher.

Masin, der mit der Gitarre

In dem Sommer, bevor Masin in Alba auftauchte, hatte er über einen Monat gleichsam im Dunkeln verbracht, ziellos in der Langhe umherstreifend, mit nur wenig Geld, immer zu Fuß.

Im August trieb er sich oben auf den Bergen herum, die das Tal der Bormida vom Belbo-Tal trennen. Càstino ist ein Dorf, das ewig einem frischen Wind ausgesetzt ist, und von dort aus sieht man in der Ferne Flüsse, ganz winzig im Dunst. Gegen Abend vor allem kommt man sich wie im Himmel vor.

Die Luft ist recht kühl auf jenen schmalen Plateaus, wo Masin sich aufhielt, und um sich zu erwärmen, blieb ihm nur das Trinken. Er nahm sich vor, eines Tages in die Ebene hinunterzufahren, zurück nach Turin; er verfluchte die Gegend, blieb aber doch und trank. Einmal brachte er ein Auto, das dort liegengeblieben war, wieder in Gang, und verdiente sich so fünfzig Lire. Er leistete sich eine ausgiebige Mahlzeit, mit einem guten Wein.

Es war einige Zeit her, daß er richtig gegessen hatte. Der August ist ein Monat ohne Früchte, und außer ein paar Pflaumen und grünen Äpfeln war in den Feldern nichts aufzutreiben. Masin wartete auf die Traubenzeit. Das große Essen in der Wirtschaft, das ihn fünfzehn Lire kostete, war also wirklich ein Ereignis.

Die letzte reichliche Mahlzeit davor lag vierzehn Tage zurück. Er war nach Scarrone gekommen, auf halber Höhe von Càstino – ein paar Häuser, nichts weiter –, aber in Scarrone befindet sich eine Mineralwasserquelle – Masin wußte nicht, wofür sie gut sein sollte – und die Leute kamen sogar in Reisegesellschaften von Alba oder von Asti, um daraus zu trinken. Erstaunlicherweise hat kein Gastwirt daran gedacht, dort ein Hotel aufzumachen, im Halbschatten der riesigen Bäume, welche den Platz überragen. Das Wasser rinnt aus einem steinernen Ausfluß, darunter ein Becken aus groben, unbehauenen Steinen, und es fließt in einen schlammigen kleinen Graben ab. Wer will, trinkt, ohne dafür bezahlen zu müssen.

Dort nun kam Masin an. Das Geld von Don Rôss war ihm ausgegangen; seit dem frühen Morgen hatte er nichts gegessen, und schon ging die Sonne unter. Der viele Staub der Straße brannte ihm in der Kehle. Er näherte sich dem Brunnen, von dem auch Don Rôss gesprochen hatte.

Als er sich zum Trinken niederbeugte, sah er drei Flaschen dunklen Wein, die dort ins Kühle gestellt waren. Ein Mann um die fünfzig, in Hemdsärmeln, Hut auf dem Kopf, kam schwankend auf den Platz zu und rief laut: »Gina! Gina!«

Masin wartete, bis der Unbekannte den Brunnen erreichte, und fragte: »Ist er gut, der Dolcetto?« Der Mann griff eine Flasche und strahlte übers ganze Gesicht: »Istô! Den hab' ich selber gemacht!« Und laut atmend hielt er ihm die Flasche hin: »Probier'n Se mal.«

Masin griff begierig nach der Weinflasche, zog den Korken heraus, setzte an und begann zu schlucken; es hörte sich an wie eine Wassermühle. Mit einem »Ahhh« gab er dann die Flasche zurück und dankte für die Erquickung: »Das Beste vom Besten!«

In dem Augenblick erschien Gina, eine Alte im Festtagsgewand, blickte Masin böse an und schimpfte: »Ich hab's dir schon tausendmal gesagt, Natal, du sollst nicht aus der Flasche trinken! Und du sollst auch nicht allen Vorüberkommenden zu trinken geben.«

Natal schaute bekümmert zu Masin. Masin zuckte die Achseln. Er bedankte sich ruhig, freundlich bei dem Alten und ging davon, ohne die Frau eines Blickes zu würdigen.
Aber er tat nur so, als ob er wegginge. Zwischen den Büschen blieb er stehen, um die beiden Alten zu beobachten. Er vermutete, daß sie zu Abend essen wollten; sie hatten dort sicherlich schon am Mittag gegessen.
Und wirklich, die Alte brachte einen Korb. Auf der Straße, im Schatten, wartete eine zweirädrige Kutsche mit einem schnellen Pferd. Die beiden nahmen den Korb und das Tischtuch und breiteten alles dicht bei der Quelle auf dem Grase aus. Sie hatten Teller und Gläser. Das Brot kam zum Vorschein, der warmgehaltene Topf mit der Minestra und ein großes gekochtes Huhn. Die beiden unterhielten sich brummend, die Frau sprach etwas schrill, er, der Alte, nachgiebig.
Masin, im Versteck der Büsche, mußte grinsen, wenn er an das rheumatische Paar dachte. Aber das Huhn lockte ihn. Er hatte einen unbändigen Hunger. Den Hunger eines ganzen Tages. Und sein Blut begann zu kochen. Daß diese beiden da, die sogar ein Pferd besaßen, ihm als Almosen Wein gaben und ihn dabei noch schlecht behandelten, daß diese beiden zahnlosen Alten das schöne Huhn da verzehren sollten, während er seine Zähne bis in die Wurzeln erbeben fühlte – nein. Er überlegte nicht zweimal. Beim Brunnen war sonst niemand. Es war halbdunkel. Die Alte zündete eine Kerze an und steckte sie auf eine Flasche.
Masin trat auf den Platz hinaus und fragte mit unsicherer Stimme: »Gebt ihr mir 'n Stück zu essen ab?«
Die Alte schaute entgeistert auf.
»Geh arbeiten, Taugenichts«, dann an den Gefährten gewandt: »Da siehst du, was passiert, wenn man jedem Landstreicher zu trinken gibt.«

Masin trat im schwankenden Lichtschein näher heran. Er sah entschlossen aus.
»Geh weg, sonst schrei' ich«, drohte die Alte erschrocken. »Tu doch was«, kreischte sie ihren Gefährten an. Der schüttelte den Kopf, lächelte einfältig und schlug vor: »Gib ihm zu trinken. He, willst du was trinken, Junge?« und er hielt ihm den Wein hin.
»Gibt's nicht«, gellte die Alte und sprang auf die Füße.
Masin machte es kurz. Mit der einen Hand stieß er die Frau beiseite, mit der anderen packte er das Huhn und wollte sich davonmachen. Aber die Alte lief schreiend hinter ihm her. »Hilfe! Hilfe! Diebe!«
Masin drehte sich um und blickte sie schief an; er gab ihr eine Ohrfeige, machte dann einen Satz und rannte auf und davon.
Erst als alles still war, blieb er stehen, auf einem verlassenen Feld, das frisch umgegraben war, setzte sich auf ein Stückchen Gras im Dunkeln und aß große Bissen. Es tat ihm nur leid, daß er nicht auch noch den Wein genommen hatte, und fast wäre er umgekehrt.
Der dicke Fünfziger des Autofahrers durfte nicht verschwendet werden. Für ungefähr fünfzehn Lire aß und trank Masin ausgiebig noch an demselben Abend; die anderen waren für den Abstieg von Càstino und die Rückkehr nach Turin bestimmt.
Aber Masin rührte sich nicht aus diesen windigen Orten der Berge, und nach drei Tagen hatte er keinen Groschen mehr. Alles war für Essen und Trinken draufgegangen.
Càstino hatte er jedoch inzwischen weit hinter sich gelassen. Er hatte angefangen, auf den Hügelkuppen zu gehen, um nicht bergab zu müssen, denn mit all dem Wein machte der steile Abstieg ihm Magenschmerzen.
Straßen gab es hier oben kaum, und Masin mußte sich

seinen Weg suchen, mal durch ein Feld, mal durch einen Wald, mal durch einen Weinberg, aber er kam auf diese Weise ganz gut vorwärts. An Gastfreundschaft fehlte es nicht. Andernfalls war er nachts unterwegs und schlief über Mittag im Schatten der Nußbäume.

Häuser waren selten – es waren niedrige Häuser, von einem schwärzlichen Gelb, wie versengt, sehr alt mit großen Heuschobern und dem Misthaufen vor der Tür.

Immer ungehobelter wurden die Bauern dort oben. Die Kinder liefen neugierig herbei, als hätten sie noch nie einen Mann gesehen, die Frauen kamen von den Höfen herbeigerannt, wenn er auftauchte. Wollte er zu trinken, brachten sie es ihm auf die Straße. Sie sprachen einen unmöglichen Dialekt. Masin konnte sich nur mit allergrößter Mühe verständlich machen. Nach Arbeit fragte er auch gar nicht mehr. Er öffnete nur den Mund und wies mit dem Zeigefinger auf seinen Gaumen. Und die Bauern täuschten sich, meinten er hätte Durst. Überhaupt bieten die Leute der Gegend lieber Wein an als Brot – den Wein haben sie im Haus, das Brot aber wiegt schwer, wenn man es zum Backofen ins Tal tragen muß –, so war Masin schließlich immer halb besoffen und ausgehungert und verfehlte oft den Weg. Aber was lag daran, einen richtigen Weg gab es sowieso nicht.

Masin dachte wieder an die Gitarre von Talino. Wütend. Wenn er Musik machen könnte in dieser Gegend, wer weiß, wieviel Geld ihm das brächte. Vielleicht aber auch gar nichts; aber sie hätte ihm wenigstens Gesellschaft gebracht.

Er versuchte, sich aus Rohr eine Art Okarina oder Pfeifchen zu machen, ruinierte aber nur das Taschenmesser, ohne etwas zustande zu bringen.

Müde warf er sich unter einen Baum und dachte, ein Auto

müßte man haben in dieser Gegend, um in einem Schwung hinunterzusausen ins Tal und sich unter zivilisierte Leute zu mischen. Und doch gefiel ihm diese große Einsamkeit, dieser frische Wind, der von allen Seiten daherfegte; die übrige Welt schien wie weggeblasen.

Manchmal betrachtete Masin von den Kuppen aus in der Ferne die Täler, die allein dastehenden Häuser und sagte sich, dort unten, da gäbe es Arbeit. Wenn doch bloß diese blöden Bauern nicht gewesen wären!

Es kam der Tag, an dem er die erste dunkel gefärbte Weintraube fand, und obwohl sie noch sauer schmeckte, hatte er sie im Nu verschlungen. Die Hügel wurden allmählich flacher.

Ein großes Gewitter brach herein, Masin war durchnäßt, noch die ganze Nacht über. Fluchte. Versuchte ein Feuer anzuzünden. Die Sonne kam wieder zum Vorschein, die warmen Tage kehrten zurück. Das Obst wurde genießbar, aber die Gastfreundschaft nahm ab. Um den Hunger zu stillen, mußte Masin manches riskieren. Aus einem Weinberg wurde er davongejagt. Und zu trinken gab man ihm Wasser.

Die Hügel wurden wirklich flacher.

Im Tal angekommen, spürte Masin wieder den Hunger und konnte sich kaum noch auf den Beinen halten. Das erste Dorf war Canelli. Er legte sich auf ein Mäuerchen und schloß die Augen; ihm flimmerte. Er wartete eine Weile, dann stand er mit schmerzendem Kopf auf. Er hielt ein Auto an, fragte die Insassen, ob sie nicht eine Uhr kaufen wollten. Sie sahen ihn groß an. Masin faßte sich ins Gesicht und fühlte Bart und Knochen. Er wiederholte die Frage. Der Mann im Fond des Autos befahl dem Fahrer weiterzufahren.

Ein zweites Auto. Mit unsicherer Stimme bot Masin wie-

der seine Uhr an. Diesmal wollte der Fahrer – er war allein – die Uhr sehen. Masin suchte in seiner Tasche, dann, hastig eine Entschuldigung stammelnd: »Herrgott, ich hab' sie verloren!« blieb er wartend stehen. Der Fahrer zuckte die Achseln. Er drückte aufs Gaspedal und fuhr davon.
Masin senkte den Kopf und machte sich auf den Weg zum Dorf. Er trat in den ersten Laden ein und fragte, ohne jemand anzuschauen, ob sie Arbeit für ihn hätten. Er ging mit ein paar kleinen Münzen in der Tasche wieder hinaus.
So machte er es bis zu einem Platz. In Canelli sind die Leute knauserig. Mit einssechzig in der Tasche kam er an. Und nun ging er Zigaretten kaufen, steckte sich eine an, rauchte sie halb, warf sie weg. Er hatte Hunger.
Er suchte eine Wirtschaft. Beim Aushängeschild vom Roten Ochsen machte er halt. Er trat ein. Er verlangte den Wirt. Er bot ihm an, das Abendessen mit den restlichen Zigaretten zu bezahlen. Man schickte ihn mit einem Laib Brot fort. Er stopfte sich damit voll.
Die Läden waren inzwischen geschlossen. Masin fing an, in den Cafés die Runde zu machen und überall um etwas zu bitten. Er brachte zwei Lire zusammen. Dann suchte er eine Wirtschaft auf und verlangte Wein. Er trank, solange er etwas hatte, und rauchte wie ein Herr. Er stand erst auf, als geschlossen wurde.
Als Masin nach draußen kam, taumelte er. Denken konnte er nicht. Er bog in die erste Straße ein und begann zu laufen. Er überquerte die Brücke über den Belbo und verließ das Dorf. Es war eine finstere Nacht: Es hatte wieder geregnet, und bei jedem Schritt blieb er im Schlamm stekken.
Die Straße stieg an. Masin merkte es nicht. Und hier passierte dann das Merkwürdige.
Nach einer Weile, zwischen den Bäumen, fühlte Masin sich

plötzlich nicht mehr allein. Vor ihm ging rückwärts ein anderer Masin und schaute ihn an.
Der junge Mann war durchaus nicht erstaunt. Er hob kaum den Kopf und brummelte: »Beeil dich, daß wir nach Santo Stefano kommen.« Und ohne ihm aus dem Weg zu gehen, die Beine immer rückwärts setzend, sagte ihm der andere:
»Ein Auto braucht man, um nach Santo Stefano zu kommen. Aber jetzt, wo wir mal hier sind, was machen wir bei den Mistbauern? Hör mal, Masin, ich hab's satt, dies Leben. Man muß ein Auto haben, um abzuhauen. Warum hast du das Auto verloren, Masin?«
Masin zuckte die Achseln und stolperte weiter. Der heftige Ruck, den er sich gab, um sich ins Gleichgewicht zu bringen, ließ ihn wieder allein sein. Er blickte sich suchend nach dem Gefährten um. Irgend jemand war bei ihm gewesen. Wo war er geblieben?
Er ging wieder weiter, mit hängendem Kopf. Nach einer Weile hörte er von neuem das Gescharre vor sich und sah erneut Masin, der ihn anstarrte.
»Hör mal, geh mir aus dem Weg«, sagte er und schüttelte sich. »Ich bin immer geradeaus gelaufen und hab' keine Lust, mir auf die Füße trampeln zu lassen, von niemand. Weg da, Freundchen.«
Und die Stimme von vorher: »Man braucht ein Auto, Masin, ein Auto oder die Gitarre, um nach Turin zu kommen. Warum spielst du nie mehr Gitarre, Masin?«
»Ich hab' sie verkauft«, gab Masin zur Antwort, um den anderen loszuwerden.
»Und das Auto?« fing die Stimme wieder an, »hast du auch das Auto verkauft, Masin?«
»Nun hör mir mal gut zu«, setzte Masin entschlossen an, »niemand ist dich suchen gekommen, nicht dich und nicht

das Auto. Wenn du 'ne Gitarre hast, klimpre drauf. Ich komm' gleich in Santo Stefano an und bin müde. Ich hab' die Gitarre verloren und damit basta. Und heut' abend hab' ich gesoffen und morgen werd' ich auch saufen und überhaupt immer . . .«

»Masin, du hast es verloren, dein Auto, Masin . . .«

Da riß Masin die Geduld, und er sprang auf den anderen los. Der, leicht wie er gelaufen war, drehte sich zur Seite, lockte den schwankenden Masin bis zum Straßengraben und verschwand. Masin aber stürzte der Länge nach hin ins nasse Gras, fand eine bequeme Stellung und fiel mit einem häßlichen Grunzen in den Schlaf.

Verlorene Frauen

Wirklich haben sie recht, sie so zu behandeln.
Und gewiß ist es besser, als sie zu bedauern
mit dem Herzen und dann zu genießen im Bett.
»Es ist ein Bedürfnis, stärker als das ganze Leben«,
sag' eher: »und wir sind alle verdammt zu dem Schritt;
doch wenn je mein Mädchen dem Gewerbe nachging',
erstickt' ich vor Wut oder wüßt' mich zu rächen.«
Immer bemitleiden, war verlorene Zeit,
das Dasein ist schrecklich und ändert sich darum nicht,
besser auf die Zähne beißen und schweigen.
Eines Abends saß ich im Zug und dort war eine Frau,
schlicht das Kleid, geschminkt und sehr ernst im Gesicht.
Draußen die Lichter, etwas bleich, und das Grün, etwas grau,
löschten die Welt aus. Wir waren allein
im Wagen – dritte Klasse – die Frau und ich, der ich jung war.
Damals wußte ich nicht, wie man Gespräche anknüpft
und weinte, wenn ich an Frauen dachte. So
macht' ich die Reise, betrachtend, nervös, und die Frau
sah mich an, zuweilen, und rauchte. Ich sagte,
ich dachte sicherlich nichts, doch heut' noch hab' ich im Blut
diese gerade Anschaun, dies Lachen eines Augenblicks
wie jemand, der wohl gearbeitet hat und das Leben genommen,
wie es sein muß, schweigend.
Ein Freund, einer von jenen,
die mit Worten gewandt sind, wollte eine Frau

behüten und die Tränen ihr trocknen und Freuden ihr
geben.
»Nein, es ist ein Bedürfnis, stärker als das ganze Leben.
Und wir, wir sind verdammt, die einzige Kraft
in einer harten Seele zu haben, die zu nichts nützt.«
Ihr könnt sie zu Tausenden retten, die Frauen,
doch die vielen, die ich geseh'n hab: rauchen und schauen
mit verächtlichem Blick und müdem Lächeln –
– meine guten Gefährtinnen – sind immer lebendig,
um schweigend zu leiden und für alle zu zahlen.

Halunken

In Viererreihen marschierten die Gefangenen, darunter Masin, frühmorgens am Zug entlang. Um fünf Uhr hatte man ihn im Nuovo-Gefängnis geweckt, ihn durch die Büros geschleppt, ihm Handschellen angelegt, ihn mit zerlumpten Kerlen zusammengekettet – *er* war noch anständig angezogen wie vor dem Prozeß –, und dann waren sie in Begleitung von Gendarmen im Gefängniswagen zum Bahnhof gebracht worden.
Sie warteten auf dem Bahnsteig, dicht bei der weitgeöffneten Tür eines Gepäckwagens ohne Sitzbänke. Die Wärter und der Obergendarm machten sich mit ihnen zu schaffen. Masin versuchte, die Bewegungen der Kolonne zu verstehen, um nicht gestoßen oder angeschrien zu werden. Es kam ihm vor, als wäre er wieder beim Militär, wo die Langeweile eigentlich noch schlimmer war. Diese Art zu marschieren war etwas Neues; er bemerkte, daß sie statt in Dreierreihen in Viererreihen aufgestellt waren.
Um warm zu werden, schüttelte er sich während des Wartens, aber die Kette machte ihm heftige Bewegungen unmöglich. Der Nachbar zur Linken brummte vor sich hin und hob unablässig seine Hände, um sich das Bärtchen glattzustreichen; das entschuldigte die Bewegungen der anderen.
Masin suchte sich einzureden, er sei wieder beim Militär und er stehe seit jenem Abend unter Strafarrest. Strafarrest für sechzehn Jahre. Ein Soldat hielt so etwas mühelos fünfzehn Tage lang aus, und Masin hoffte, er werde das auch – er rechnete nach – vierundzwanzig mal im Jahr

aushalten, multipliziert mit sechzehn – zwanzig mal sechsehn, zehn mal sechzehn – dreihundertzwanzig, plus vier mal sechzehn – ungefähr fünfzig. Also dreihundertfünfzig mal Strafarrest. Dreihundertfünfzig Arreste à vierzehn Tage. Frei mit vierzig Jahren: Er würde mit grauen Haaren und krummem Rücken herauskommen.

Einer der Kolonne war völlig verzweifelt. Masin hatte gehört, daß einer zwanzig Jahre gekriegt hatte. Wer weiß, ob der an den Strafarrest beim Militär dachte – vierundzwanzig mal zwanzig – sollte er es sich doch selbst ausrechnen, wenn er Lust hatte.

Der Nachbar zur Rechten war ein magerer junger Mann mit einer Landstreicher-Kappe. Masin hörte, daß er wie ein Süditaliener sprach, und musterte ihn von der Seite.

Masin grinste insgeheim bei einem Gedanken, der ihm in diesen Tagen nach dem Urteilsspruch gekommen war. Sie gaben einem sechzehn Jahre – dann kommt man raus – was für ein Blödsinn – begleicht eine alte Rechnung und bringt wieder einen um.

Jedenfalls, Maria war tot, und er würde nach – vierhundertmal Strafarrest, nein weniger – flott und frei herauskommen, als ob er nie irgendwas angestellt hätte. War da ein Sinn drin?

Der Gendarm schrie, drängte sich in die Kolonne, brachte alles durcheinander. Was war los? Er suchte jemand, hielt Appell. Als Masin aufgerufen wurde, antwortete er mit einem undeutlichen Grunzen. Dann wurden die vor ihm aufgerufen. Beim Aufrufen der Männer vor ihm blickte er sich um. Auf dem Bahnsteig war niemand sonst. Die Züge, die morgens früh abfahren, sind beinahe leer; Masin erinnerte sich an die Zeit, als er selbst früh am Morgen abfuhr. Um so besser, wenn niemand sie sah. Nun gut, er war ein Mensch wie alle anderen. Diese Kette allerdings . . .

Auf dem Weg zum Bahnhof hatte er sich erkundigt: zehn Stunden Eisenbahnfahrt. Dann die Strafanstalt, sechzehn Jahre lang.

Die Kolonne geriet wieder in Bewegung. »Steigen wir jetzt ein oder nicht?« fragte der süditalienische Nachbar zur Rechten. »Los, wir wollen einsteigen«, rief er grinsend mit lauter Stimme. Auch andere protestierten. »Ruhe«, brüllte der Gendarm. Der Gepäckwagen stand da vor ihnen, die Tür war offen, trotzdem stieg man nicht ein. »Gehn wir«, riefen alle, »es ist kalt.«

Masin dachte an die Witze des Süditalieners. Es mußte schlimm sein, jetzt sechzehn Jahre lang ohne Frau zu bleiben. Auf einmal sah er im Geiste ganz deutlich Maria vor sich. Wer weiß, wo Maria in diesem Augenblick war? Bei den anderen, *nein:* Masin begriff endlich, daß er sie umgebracht hatte. Jetzt tut sie niemandem mehr was zuleide. So macht man's. Diese verdorbenen Weibsstücke. Und er sagte sich: Sie sind doch alle gleich.

Groll hegte er im Grunde genommen nicht. Er bedauerte nur, daß er sechzehn Jahre lang keine Frau mehr sehen konnte. Wie sechzehn Jahre Krankheit, sagte er sich dann. War so etwas überhaupt möglich? Hatte es Leute gegeben, die so lange Zeit im Krankenhaus waren? Mit grauen Haaren würde er herauskommen. Oh je! Masin hoffte auf Begnadigung. Gewiß, Begnadigung kriegte nur einer, der es noch schlimmer gemacht hatte, aber angenommen, eine Tochter vom König würde heiraten. Er wußte nicht, wieviele Töchter des Königs noch zu verheiraten waren. Wer weiß! Seine beiden Nachbarn danach zu fragen, wagte er nicht. Sie hätten begriffen, daß er Begnadigung wollte. Dem Neapolitaner was zum Lachen geben? Nein.

Bei dem Prozeß war herausgekommen, daß Masin seine Frau geschlagen und den Alten gequält hatte. Daß er über-

aus eifersüchtig war. Und er selbst hatte von seiner Kabine aus gerufen, so wie man heute nun einmal lebe, lebten Mann und Frau ja doch immer getrennt, und da täten die Frauen ganz recht daran, wie sie's machten. Und die Männer haben recht, sie umzubringen. Masin konnte von Glück reden, daß er nicht lebenslänglich bekommen hatte.
Er hatte mit weniger als sechzehn Jahren gerechnet. Einen Monat, bevor er sich von der Wut hinreißen ließ und Maria erwürgte, las er bereits unentwegt die Gerichtschroniken und verglich Verbrechen und Strafzumessungen, um sich danach zu richten. Er hatte gemeint, daß Mörder seiner Art mit drei bis sieben Jahren rechnen müßten.
Nur hatte ihn dann während des Prozesses all das Gerede und das ganze Theater so gereizt und aufgeregt, daß er seinem Verteidiger patzige Antworten gegeben hatte; er würde sie ein zweites Mal erdrosseln, hatte er gesagt und dem Vorsitzenden zugeschrien, er solle aufhören: Ja, er hatte Maria umgebracht. Und damit basta.
Immerhin, ohne daß er es merkte, hatten die flinken Gerichtsschreiber während Untersuchung und Verhör aus seinen Worten eine genaue Darstellung der Ereignisse des Geschehenen zusammengeschrieben. In einer Zeitung erschien das wie folgt:
»... und es ist dies eine jener betrüblichen Familientragödien, denen von Unwissenheit und Lastern geprägte soziale Umstände zugrundeliegen. Der Mörder, das zeigt seine Vorgeschichte und sein Betragen während des Prozesses, hat einen verworfenen Charakter; kennzeichnend sind Ausbrüche von Grausamkeit und Gewissenlosigkeit. Der Mörder war ein Müßiggänger. Er hatte sich bereits einen Totschlag zuschulden kommen lassen, den er im Zustande der Trunkenheit begangen und der den Führerscheinentzug zur Folge hatte. Er heiratete eine wahrschein-

lich in einschlägigen Lokalen bekannte Tänzerin und nimmt ohne Qualifikation, einzig aus Habsucht, eine kommerzielle Tätigkeit auf, derenthalben vernachlässigt er sein Familienleben, und es scheint, daß er die Lebensgefährtin drängt, wieder zu ihrem unseligen Beruf zurückzukehren, nur damit sie dazuverdiene.

An diesem Punkt nun tritt Delmastros Vater in Erscheinung – die mitleiderregende Gestalt eines Alkoholikers, dessen Trinken aus dem Betragen des Sohnes vor der Ehe verständlich wird, aus der Zeit nämlich, als die Mutter des Mörders in einem Krankenhaus unserer Stadt lag. Dort starb sie später, während sich der Sohn herumtrieb, mittellos und ohne Beruf. Schmerzgetroffen ließ sich diese Seele eines ehrbaren Arbeiters so tief sinken, ein künstliches Paradies im Alkohol zu suchen. Doch die Grundanständigkeit und Rechtschaffenheit dieses Mannes, dessen Gesinnung unglücklicherweise im entarteten Sohn nicht ›wiedererstanden‹ ist, beweist der physische und moralische Zusammenbruch, den er in der Mordnacht erlitt, als er – der Alkoholiker – schluchzend über der Leiche des von Delmastro erwürgten Opfers gefunden wurde. Wie die Verwandten des Opfers es schildern, scheinen die beiden Ehegatten wegen des Verbleibens des Vaters in ihrem Heim häufig in Streit geraten zu sein. Der Vater liebte das Opfer – Beweis dafür ist seine Erschütterung; eben deshalb wollte der unwürdige Sohn nichts davon wissen, ihn im Alter zu unterstützen, und er hätte ihn bei verschiedenen Gelegenheiten – an Versuchen fehlte es keineswegs – aus dem Haus gejagt, wenn nicht die aus asozialen Verhältnissen stammende Tänzerin in der instinktiven Großmut ihres Frauenherzens Mitleid mit diesem beklagenswerten Greisenschicksal gehabt hätte.

Man hat behaupten können, die Mordmotive seien nicht

eindeutig; von gewisser Seite ist sogar der Verdacht geäußert worden, der Lebenswandel des Opfers vor der unglücklichen Verehelichung könne die Tat herausgefordert haben. Aber solche Hypothesen und die Kommentare von Berichterstattern, die sich als »unparteiisch« bezeichnen, können nur jene Menschen überzeugen, die sich im Leben bloß an nackte Tatsachen zu halten vorgeben und durch ihre widersinnige Sucht nach Spitzfindigkeiten selbst den Lauf der Gerechtigkeit unterbinden möchten.

Was die Tatmotive betrifft, so hat sich der Angeklagte in völliges Schweigen gehüllt, und eben darin scheint uns der Schlüssel des Geheimnisses zu liegen. Wenn Delmastro auch nur die geringste Hoffnung gehabt hätte, dem Opfer eine Schuld anlasten zu können, dann hätte er wohl nicht gezögert, ihr Andenken zu besudeln und zu vernichten, wie er ihren Leib getötet hat.

Nein, in dieser Hinsicht hat sich auch der Zynismus des Mörders als ohnmächtig erwiesen; er mußte schweigen, erdrückt vom Gewicht der Beweislast. Nein, allein Dummheit und Laster und Sitten der Unterwelt konnten diesen Unseligen zu seiner verhängnisvollen Tat verleiten. Möge er in der Sühne das Licht finden, das ihn aus der moralischen Hölle befreit, in welcher er bis jetzt umhergeirrt ist . . .«

Masin las diese Spalten der Zeitungen nie, aber er hörte solche Reden beim Prozeß unzählige Male. Und er atmete direkt erleichtert auf, als alles zu Ende war.

Der Zug schüttelte die Verurteilten bei der eintönigen Fahrt durch die Ebene. Ab und zu hielt er an oder er donnerte über Brücken und ratterte an Häusern vorüber. Man sah vom Wagen aus nichts, denn die Türen waren verschlossen und nur hoch oben waren vergitterte kleine Fenster wie im Viehwagen.

Die Gendarmen saßen auf einer Bank; die Gefangenen lagen ausgestreckt am Boden oder lehnten sich gegen die Wände, wurden durchgerüttelt und brummten vor sich hin. Masin, in einer Ecke gegen die Schulter eines ältlichen Mannes gelehnt, verfolgte eine Zeitlang die Reise nach den Geräuschen von außen, dann fielen ihm allmählich die Augen zu.

Die Ketten waren ihm lästig. Irgendwann würden sie ja wohl ankommen. Würde es Zwangsarbeit geben? Aber was? Im Steinbruch? Mit der Spitzhacke? Oder, wie er einmal gehört hatte, Strümpfe stricken? Immerhin sechzehn Jahre! Ihm taten die Knochen weh.

Er döste. Neben ihm der Alte lag auch reglos da. Etwas weiter weg summte einer ein Lied, und der Gendarm ließ ihn.

Masin spürte eine große Lust zum Nichtstun in sich. Er schlief. Im kalten, halbdunklen Eisenbahnwagen – sechzehn Jahre!

Nach einer Weile merkte er, daß er träumte. Und er hielt ganz still, um noch besser zu träumen.

Er fühlte sich ausgestreckt, betäubt, unter der Sonne. Es kam ihm vor, als schliefe er unter der Sonne. Ein kühler Wind bewegte sacht die Zweige. Masin begann, tief Atem zu holen, und die Luft drang frisch und leicht in seine Lungen ein. Nur fühlte er sich wie völlig betäubt.

Dann merkte er, daß diese Wärme die Wärme eines Bettes war. Masin lag im Bett, und er fühlte sich ganz warm, und es kam ihm vor, als preßte er sich an irgend etwas Glühendes. Es war Maria, neben ihm.

Nun – im Traum – stieg Masin aus seinem Bett und betrachtete Maria eine Weile, wie sie im Profil da lag, die Wange auf den Händen und das Haar über den Augen. Maria schlief. Masin verspürte ein großes Verlangen nach ihr, aber er wagte nicht, sie zu wecken. Dann legte er sich wieder neben sie, lehnte sich gegen sie und genoß ruhig die Berührung.

Ein heftiger Ruck und eine Stimme weckten ihn auf. Es war der Alte, der ihn mit den Händen fortstieß: »Fängst du schon jetzt an, du Schwein?«

Masin, ganz duselig vom Schlaf, sah sich um. Es tat ihm nur eines leid: daß er Maria verloren hatte, daß er nicht mehr von ihr träumte.

Als er wach war, erinnerte er sich, daß er sie im Bett erdrosselt hatte und es war ihm ganz, als wäre es eben geschehen. Er fluchte lange still vor sich hin.

Die Gefangenen, aufgerüttelt von den Schimpfworten des Alten, regten sich auf: »Gib' ihm 'nen Tritt in den Hintern, dem Herrn.« Ein Gelächter brach aus. Der Gendarm stellte mit derber Stimme die Ordnung wieder her.

Masin horchte von neuem auf die Geräusche des Zuges. Er fing an, den Rhythmus der Räder zu messen. Sechzehn – ein Jahr für eins – es war zu Ende. Er war frei. Wieviel blieb noch übrig?

Die Tage zählen, da oben. Er fing an. Er kam nicht einmal bis hundert. So – dachte er – würde er es auch in der Strafanstalt leid werden, sie zu zählen.

Der Süditaliener neben ihm war bis jetzt ganz still gewesen. In diesem Augenblick hörte man ihn mit leiser Stimme singen:

»Carogna, carogna,
so' a vita – dannate
si vengô – graziate
vendetta aggiô a fa'.«

»Halunke, Halunke,
bin fürs Leben verurteilt,

komm' ich wieder, begnadigt,
Rache nehm' ich dann gleich.«

Hör doch auf, du Mistkerl aus dem Süden, wollte Masin ihn anschreien, aber dann fiel ihm der Gendarm ein, und er zog es vor, die Augen zuzumachen.

Das Meer

Masino war inzwischen ein großer Mann. Hochaufgewachsen, ein bißchen spöttisch, gewandt – eine Spur zu redselig. Wohin er kam, man hörte auf ihn. Er verdiente viel Geld, hatte seinen Spaß dabei und mußte sich nicht sonderlich anstrengen. So macht man's.

Aber im Februar sollte er noch besonders vom Schicksal begünstigt werden. Ein altes Vorhaben gelang ihm – und zwar so gut, daß er, ungeachtet seines Vorsatzes (nach Art der Engländer und auch der Piemontesen), niemals die Fassung zu verlieren, den ganzen Neujahrsnachmittag über auf den Straßen pfiff und herumhüpfte.

Gelungen war ihm dies: Seine Zeitung hatte, im Zuge der Modernisierung, fürs neue Jahr beschlossen, sich für das, was in der Welt vor sich ging, zu interessieren. Man war sich ganz allmählich provinziell vorgekommen mit den trockenen Nachrichtenmeldungen der United Press und man wollte eigene Korrespondentenberichte veröffentlichen, aus allen vier Himmelsrichtungen.

Ziel: den eifrigen Lesern ethnische und exotische Nachrichten aus »den für die Zivilisation von morgen wichtigsten Ländern« zu übermitteln. Man wählte Skandinavien, Rußland, die Vereinigten Staaten und Argentinien. Doch vier Korrespondenten kosteten zu viel. Die eifrigen Leser mußten sich noch ein wenig gedulden. Man entschied also, daß Argentinien an die Vereinigten Staaten angrenzt und Rußland an Skandinavien. Also ein Korrespondent für Europa und einer, der in Amerika herumreist.

Man wählte zwei ältere Herren: einen fanatischen Ibsen-

Verehrer und ehemaligen Theaterkritiker für Nordeuropa und einen Professor für Wirtschaftspolitik ohne Englischkenntnisse für Amerika.

Das war beschlossene Sache. In der Zeitung betrachtete man neiderfüllt die Korrespondenten, die im Auto vorgefahren kamen, um sich mit dem Direktor zu besprechen, und einer, der Professor, ließ sich beim Treppensteigen stützen, so rheumatisch war er und so sehr mußte er keuchen.

Die Zeitung kündigte ihren eifrigen Lesern die Korrespondenten mit viel Trara und großen Versprechungen an. Dann, im letzten Augenblick holten sich die beiden vom Glück Begünstigten eine Erkältung, die zu einer Grippe wurde, die wiederum zur Lungenentzündung ausartete; und am Jahresende waren sie tot, bzw. lagen sie im Sterben.

In der Verwirrung ergriff Masino die Gelegenheit beim Schopfe. Er begab sich schleunigst zum Direktor, rief ihm seine Tätigkeit in Frankreich in Erinnerung, zündete sich nachlässig eine Chesterfield an, bot auch dem Direktor eine an und erklärte, er könne bereits am nächsten Tag abreisen.

Der Direktor war ganz Ohr.

Masino setzte ihm folgendes auseinander: »Ich kann ganz gut Englisch, sogar Amerikanisch kann ich. Der Film ist eine Kunst, die von dort stammt. Ich glaube, meine Korrespondentenberichte waren immer zu Ihrer Zufriedenheit. Amerika ist jung. Das hieße für die Stelle also: ein junger Mann. Ja, ich habe sogar eine Idee. Warum über den Atlantik fahren und eine Berichterstattung versäumen? Mit wenig zusätzlichen Kosten kann man den Korrespondenten über den Pazifik schicken und Nachrichten über die Sunda-Inseln und über Tahiti bekommen. Die Romane von Joseph Conrad haben für die Sunda-Inseln ein modernes Interesse geweckt ... Ja, Sie haben ganz recht, die holländischen Inseln südlich von China.«

Zwei Tage später erhielt Masino den Auftrag.

Demselben Improvisationsgeschick folgend, hatte der Direktor auch für Schweden einen jungen Mann bestimmt. »Glauben Sie mir«, erklärte Masino, »ob sich einer nun für Ibsen interessiert oder nicht ... Was man dort braucht, ist ein sportlicher Typ. Schweden ist das Land der Skifahrer ...«

Die beiden neuen Glückspilze kannten sich kaum. Eines Tages, als sie zusammen vom Chefredakteur kamen, der ihnen erklärt hatte, was er unter modernem Journalismus verstand – »Italien vor allem. Vergleiche anstellen, und zwar häufig. Ein paar Fremdwörter, das gibt Lokalkolorit. Aber, der Schlüssel zu allem, Italien, Italien, der Zauber von Rom ...« Kurz, als sie zusammen hinausgingen, machte Masino, der immer dann am unternehmungslustigsten war, wenn er einen Menschen nicht kannte, den Vorschlag, ein Gläschen miteinander zu trinken und sich gegenseitig zu beglückwünschen. Und er fügte, nicht ohne einen bedeutungsvollen Blick hinzu: »Für eine Weile werden wir keinen Grappa mehr trinken können, lassen wir uns den letzten munden.«

Der junge Mann für Schweden – bisher Sportkorrespondent von Gnaden – war ein muskulöser Blonder, dessen Haut sich schälte vom Aufenthalt im Gebirge.

»Zu trinken findet man überall.«

Dann besprachen sie sich miteinander über die Ausrüstung. Der Schwede gab viele Ratschläge: »Zum Beispiel«, so erklärte er, »würden viele Leute an meiner Stelle die Ski nach Schweden mitschleppen.«

»Ah ja, das geht natürlich nicht«, lachte Masino höhnisch.

An der Bar wollte der Schwede keinen Grappa, sondern verlangte Cherry-Brandy. »Von wo sind Sie?« fragte Masino. Wahrhaftig, er kam tatsächlich aus Rom.
»Soll ich Ihnen mal was sagen?« fragte Masino. »Die Welt ist überall gleich. Ich schreibe die Artikel, bevor ich an Ort und Stelle bin, und in den Artikeln kommt immer was vor von Nachtclubs, von Tänzen und Seeleuten. Da lieg ich immer richtig.«
Aber der Schwede hatte andere als literarische Sorgen.
»Unsere Zeitung ist ein elendes Blatt. Sechzig Lire Tagegeld und der normale Lohn. Wir Italiener sind immer Lumpen.«
Was Masino am meisten beschäftigte, im Zug Richtung Genua, war der Gedanke, daß er in einem Monat im Indischen Ozean sein und platzen würde vor Hitze, und hier sah er vereiste Fenster und draußen kahle Bäume und Nebel.
Wer weiß, ob ich seekrank werde? Das will ich doch sehen. Ich sage nein, ich werde nicht seekrank, nein, und dann braucht man ja nur was zu essen.
Der Zug war über Alessandria gefahren. Masino bedauerte es, nicht über Bandito zu fahren. Einen Blick zu werfen auf seinen Heimatort, den etwas flachen Hügel, das Wasser in den Gräben. – Dummheiten –.
Doch über den Po war er gefahren. Gesehen hatte er ihn zwar nicht wegen des Nebels, aber am Dröhnen des Zuges hatte er es gemerkt. Das war die letzte Bindung. Er dachte an Hoffman, der ihn, ohne es auszusprechen, um diese Reise beneidete. Der große Hoffman, der in seinem Loch hocken blieb.
»Na ja, es kommt alles aufs Gleiche raus: Es wäre besser, ich verheiratete mich in Bandito mit einem hübschen Mädchen und rührte mich nicht mehr vom Fleck.«

Hoffmans Trost. Heiliger Strohsack, der verfolgte ihn sogar um die Welt. Er lächelte, um sich von solchen Gedanken zu befreien.
Im Eisenbahnwagen platzte man nicht vor Hitze. Masino reiste dritter Klasse, um damit das erste Geld zu verdienen. Er hatte schon die Fahrkarte für den Dampfer in Genua. Er hatte schon seinen Kabinenkoffer dort, alles erledigt. Keinerlei Besorgnisse mehr. Und er langweilte sich im Zug.
Die Landschaft draußen war eintönig. Die letzte Reise in Piemont, die hätte phantastisch sein sollen, war aber bloß langweilig.
Draußen im Nebel verschwanden die Bäume. Sie schienen wie Zeichnungen in Grau, auf Pappkarton. Um sechs Uhr abends, im Winter, kann man nicht viel sehen.
Noch eine Stunde. Der Zug fuhr in den Tunnel unter dem Colle dei Giov. Masino wickelte sich in den Wintermantel, zündete sich eine Zigarette an und starrte auf den Boden. Er hatte keine Reisegefährten.
Der Indische Ozean. Singapur. Der Pazifik. Dann San Francisco. Panama. Keineswegs mit den Abenteuern einer Fahrt nach Cavoretto zu vergleichen. Aber die Welt war schön.
Er versuchte zu dösen, um die lästige innere Anspannung und Bangigkeit zu lindern.
Nicht mehr italienisch sprechen. Aber Piemont war schön. Du Schwein! Schön ist es, anderswohin zu gehen. So macht man's, Masino.
Eine ganze Weile nur Tunnel. Jetzt fuhr man schon zum Meer hinunter.
Als sie herauskamen, war es dunkel, aber man spürte die Berge. Jemand stieg zu. Masino stand auf. Bald Sampedena. Er trat auf den Gang hinaus, um zu rauchen. Aber

eigentlich, um hin und her zu laufen, sich die Beine zu vertreten, sich zu beruhigen. »Sei kein Idiot, Masino.«
Ein Fenster war offen. Masino zog den Rauch ein und schaute nach vorn in Fahrtrichtung. Er wollte den Geruch des Meeres riechen. Das hatte er immer getan, wenn er an die Küste kam, aber gerochen hatte er ihn nie. Am Tage danach allerdings fand man sich beim Erwachen wie eingetaucht in den Geruch und atmete ihn mit Behagen ein.
Lichter, jetzt Türen auf- und zuschlagen auf den Bahnhöfen. Man war beinahe da. Sampierdarena. Zur Rechten ahnte man eine große Leere, aber es war finster. Der salzige Geruch, da war er. Ja. Nein. War ja auch gleichgültig. »Den werd' ich noch genug zu riechen kriegen. Aber wie er rast, dieser Zug. Wenn man bedenkt, daß er diese Strecke jeden Tag macht.«
Die Lichter der Bahnhöfe kamen immer häufiger. Alle standen, als käme jemand an. Die Wagen begannen zu tanzen auf den Weichen von Porta Principe. »Wie viele Leute! Wo kommen die alle her?«
Nach dem Abendessen im Hotel in Bahnhofsnähe ging Masino noch ein paar Schritte an die frische Luft. All dieser Verkehr auf den Straßen verwirrte ihn. Sollte er sich den Hafen ansehen? Nein, das ist blöd. Und dann hab' ich ihn ja auch schon voriges Jahr gesehen.
Irgendwie mußte er bloß den Abend verbringen, laufen und umkehren, schlafen, es wenigstens versuchen. Morgen dann alles erledigen. Die Dokumente durchsehen. An Bord gehen. Morgen um diese Zeit werd' ich nicht mehr durch Straßen spazieren können.
Masino hatte eine Idee. Sich in ein Café setzen, ein ausländisches, am Hafen – englisch – und den Leuten zuhören, den Matrosen. Ins Kino. Nein, das dauerte zu lange. Und außerdem, wo waren eigentlich die Kinos in Genua?

Aber wo war das Café?
Masino, der immer zurückschaute, um nachher den Weg wiederzufinden, kam schließlich zu einer breiten Straße, auf deren anderer Seite die Mole war. Man hörte Sirenen brüllen. Der Nebel nahm einem auch hier die Sicht. Wir sind hier in London, dachte Masino.
Er bog in diese Straße ein. Er sah sich die Aushängeschilder an. Ein deutsches. Nichts für ihn. Er haßte das Deutsche.
Ein Laden, der im Schaufenster Harpunen ausgestellt hatte. Schön. Aber die Zeit der Harpunen war vorbei. Walfische bringt man jetzt mit Kanonenschüssen um. Wie kalt es war! Wer weiß, wie kalt das Meer ist.
Endlich fand Masino eine Sailor's Inn. Wer weiß, ob man da frei eintreten kann? Nur Mut. Ich werde noch in viele Orte eintreten müssen, wie ein großer Herr. Masino ging hinein.
Er sah Mädchen, die an den Tischchen bedienten, und er hörte eine Genuesisch reden. Er ließ sich lächelnd nieder.
Er blickte sich um. Da waren fünf oder sechs schmutzige Arbeiter, die Salami aßen. Ein Matrose in einem dicken Pullover trank Rotwein. Hinten war der Flaschen-Altar.
Das Mädchen kam herbei, und um englisch zu wirken, rief Masino: »Whisky!«
Der Whisky kam, ein Medizingläschen.
Masino fühlte sich wohl. Auf der ganzen Welt war es gleich. Er behielt sein Englisch bei und zündete sich eine Macedonia an.
Noch mehr Leute kamen herein, Matrosen, Löscher – manche redeten wirklich unverständlich. Die Kneipe füllte sich. Rauch und Stimmen. Sehr mit sich zufrieden begriff Masino, daß ein Matrose dort an der Theke fragte, wo man denn schlafen könnte. Er strengte sich an, in dem Lärm

etwas zu verstehen, und verstand auch, daß es dem Mädchen schwerfiel zu antworten. Er grinste ein zweites Mal. Er fing schon an, genug davon zu haben, und dachte daran, zu Bett zu gehen. Doch in dem Augenblick kam ein Neger herein – endlich; er war riesig, abgerissen und hatte eine Wollmütze auf dem Kopf.

Masino stand auf und ging an die Theke, um zu bezahlen. Auch der Neger kam zur Theke. Der Neger sagte zu dem Mädchen, das sich mit hartem Gesicht dahinter zu schaffen machte: »I'm gwine to sail to morro. A Boâre.« Masino verstand die barbarische Aussprache und war darüber stolz und so mit sich zufrieden, daß er in Schwung kam und mit Neger-Aussprache, die er aus Büchern gelernt hatte, den Vorschlag machte:

»Wanna glass o' beer, sailor?«

O Wunder. Der andere drehte sich um und verstand. Oder zumindest antwortete er:

»Yea.«

Das Mädchen begriff nicht und wartete. Masino sagte auf Italienisch zu ihr: »Ich zahle einen Whisky für mich; ein Bier für den Herrn.«

Als das Bier eingeschenkt war, schob Masino es dem Neger hin, der ihn ansah. Er verstand nicht. Daraufhin sagte Masino:

»It's for you.«

Der Neger nahm lachend das Glas.

»I' your health«, murmelte Masino. Als der Neger halb ausgetrunken hatte, sah er das Mädchen an, dann Masino, dann trank er von neuem. Masino versuchte zu fragen:

»Where are you from?«

Der Neger setzte das Glas nicht von den Lippen ab.

»Goody«, sagte er dann. Und er streckte Masino die Hand hin.

»Good-by«, sagte Masino.
Eine nackte Hand, Affenhand.
»S'long«, erwiderte der andere und ging davon.